第七話 一条公の七星剣

京都市街の西北部、織物の町である西陣に「かんざし六花」は建っている。

町家を改装して小さなショーウィンドーに花かんざしを並べ、玄関脇の掛花生には季節の花を生けてある。

暖簾をくぐれば、花かんざしの他に櫛や巾着、和の文様が入った便箋や手帳など、さまざまな小物が陳列されている。最初は女主人の茜が作る花かんざしだけを置いていたが、芸舞妓や手作り作家の知り合いが増えるうちにこうなったらしい。

らしい、というのは、晴人が京都市内の大学に通いながらかんざし六花でアルバイトを始めた一ヶ月前の時点で、店は創業から六年ほど経っていたからだ。

茜の外見は二十二、三歳の和装美人なので、十代で店主になっていないと計算が合わない。だが、それは生身の人間の場合である。

——やけに花が元気だな、この店。

帳場裏の座敷で和箪笥を乾拭きしながら、晴人は思った。和箪笥の上に生けられた白く小さな鳴子百合をしげしげと見る。釣り鐘形の儚げな花も、クリーム色の斑に縁取られた葉も、今しがた生けたばかりのように瑞々しい。

最初に見かけたのは三日前のはずだが、少しも萎れた様子がない。

「茜さん。花がめっちゃ元気ですけど、切り花用の薬か何か使ってるんですか?」

暖簾の向こうの帳場に、晴人は声をかけてみる。

「長持ちしておくれ、と頼んだからだよ」

茜の澄ました声が返ってきた。何かの頁を繰る音がかすかに聞こえる。

「本当ですか？　今お客さんがいないからって、からかってるんでしょ？」

「本当、本当。人を暇人みたいにお言いでないよ」

暖簾をめくって、茜が顔をのぞかせた。

ウグイス色の着物に桜色のショールを羽織り、ゆるく結い上げた黒髪に玉かんざしがよく似合う。優美な面差しはやはり二十二、三歳に見えるが、目の輝きは時をかけて生まれた貴石のような強靱さを感じさせる。

「晴人君も、生けてみるかい？　花」

「いいんですか？　貴重な花材が無駄になりそう」

茜が花屋に注文しているのは、鳴子百合や藤、山吹など和の花々だ。決して安物でないことは晴人にも分かる。無駄な出費を心配したのだが、茜は鈴を転がすような声で笑った。

「そんなに酷い腕前なのかい？　花がバラバラになるくらいの」

「ああもう。そこまでじゃないですよっ」

晴人は怒り気味な声を出す。やはり茜にからかわれている。

「茜さんみたいにうまく生けられないって話ですよ。なんかこう、雰囲気がある感じにバランス良く。俺、生け花なんて習ってないし」

「気にしないでいいんだよ。『習うより慣れよ』で」

茜の手にはソフトカバーの本がある。Ｂ４くらいの大きさで海岸の写真が載っており、旅行ガイドブックのような装丁だ。先ほどの頁を繰る音はこれだろう。

「茜さん、どっか行くんですか？　ガイドブック持って」

「え？　違うよ」

苦笑が茜の面に浮かぶ。悲しいことを思い出したような声だ。

——どうしたんだろ？　俺、変なこと言った？

晴人が戸惑っている間に、茜は帳場の横に回って暖簾をくぐり、土間に草履を脱いだ。座敷に上がり、持ってきた本をそっと座卓に置く。

表紙には大きな字で「四国」とあった。

「次の候補者は四国から選ぶよう、晴明様がおっしゃってね。本屋で買ってきた」

候補者とは、かんざし六花に来て式神を得る陰陽師の卵たちのことだ。基本的には、平安時代に生きた陰陽師・安倍晴明の傍流の子孫たちである。

晴人が後を継ぐ桔梗家、分家の南天家と柊家、合わせて傍流三家。晴人を始めとして、三名がすでに自分の式神を得ている。

「四国ですか……。ええと、香川県、徳島県、高知県、愛媛県ですよね」

「うん、そうそう。晴明様と話してると、つい昔の国名で呼んでしまうけどね。香川県が讃岐、徳島県が阿波、高知県が土佐、愛媛県が伊予」

「すらすら言いますね。歴史学科の人みたい」

「晴明様なら違和感がないね。現世では宗教史の研究者ってことになってるから」

「外見的に、修士課程を出てちょっと経った感じですよね」

晴人はこの春に出会った先祖——現代の京都に生きる安倍晴明を思い浮かべた。着物、あるいはスーツをまとった姿は二十五、六歳に見える。琥珀色の髪も瞳も生彩に富んで、閻魔大王に仕えるあの世の役人——冥官とは思えない。

「四国だったら、高知県の土佐桔梗家と、愛媛県の松山柊家がありますね」

「そうなんだよ。高知のご子孫と愛媛のご子孫、どちらを先に呼ぶかは任せると晴明様は言ってくださったけど、迷っててね。参考にガイドブックを見てた」

「相手のバックグラウンドを知ろうってわけですね！　さすが茜さん」

「高知土産と愛媛土産、どっちを先にいただこうか」

「お土産？　閻魔大王の部下の仕事って、そんなノリでいいんですか」

「愛媛名物。じゃこ天(てん)、鯛(たい)めし、紅(べに)まどんな」

茜が美味(おい)しそうな物を列挙して、晴人は考えた。どれも捨てがたいが、鯛めしが気になる。

「高知名物。鍋焼きラーメン、鮎最中(あゆもなか)、土佐文旦(ぶんたん)」

「うっ、鍋焼きラーメンがいいです」

「ははは」

笑われてしまったが、たくさん食べる点については否定しない。ただ、茜が迷っている本当の理由は土産物ではない気がする。だいたい、茜は自分が食べるよりも人に食べさせるのが好きなように見えるのだ。

「拭き掃除ご苦労様。お茶にするから手を洗っておいで。お茶請けは水ようかん」

「あ、ありがとうございます」

「晴明様も呼ぼうか。今日は近くでご用があるらしいから」

茜はどことなく嬉(うれ)しそうだ。やはり食べさせる方が好きなのかもしれない。

洗面室で手を洗いながら、晴人はふと気がついた。

――花が長持ちする理由、はぐらかされた？

茜は花に頼んだと言うが、さすがに冗談だろう。冥官の術にそういうものがあるに違いない。

「お疲れ様です。晴明様」

座敷の方から茜の声が流れてくる。晴明に電話しているようだ。

「今から晴人君、さんごちゃんとお茶休憩にしますけど、晴明様もいかがです？」

――俺がいれば式神のさんごも当然いるんだけど、わざわざ名前出してくれた。

茜は優しい。狭い路地を走っただけで肩にアイアンクローをかけて説教してくる厳しさもあるのだけれど。

「おやつの時間だぞ、さんご」

晴人はシャツの胸ポケットから一粒の桃色珊瑚（ももいろさんご）を出した。紫の組紐（くみひも）を通してブレスレットにしてある。式神の宿る苗床として、茜が作ってくれた品だ。

「あるじ。わたし、今日は全部食べられるでしょうか」

「焦らず、ゆっくりな。生まれたてなんだから少食で当たり前」

左手首に組紐ブレスレットを巻いた途端、白いしっぽが宙にたなびいた。

差し伸べた腕へ仰向けに着地したのは、一匹の白い狐（きつね）だ。しっぽの先端、ぴんと立った耳の先、胸に着けた前掛けは薄紅色をしている。

「あるじ、だっこですか。そこまでわたし、赤ちゃんではないですよ？」

「いや、足元を見ながらだと話しづらいから」

「顔が近いのがよろしいと。では今度、肩車もしてくださいませ」

「狐って肩車できたっけ？」

股が裂けるだろ、と言いかけたが、さんごはおそらく女の子なのでやめておく。

さんごを抱いたまま座敷に戻ると、茜が廊下と土間を兼ねた台所で湯を沸かしていた。ショールは外し、たすきを掛けている。

「何か手伝いましょうか？」

「座ってなさいな。手伝いなら、高知と愛媛どっちが先か決めておくれ」

振り返らずに茜は言う。やかんの湯を茶器に注ぎ、温めているようだ。

「ええと、高知県の土佐桔梗家と愛媛県の松山柊家」

座布団に胡坐(あぐら)をかいて、抱いたさんごをゆらゆら揺らす。

「前回は、会津(あいづ)柊家の那月(なつき)さんだったから……。今回は、土佐桔梗家で」

「じゅんばんですね、あるじ。ききょう、なんてん、ひいらぎ、ききょう」

一人目は桔梗家の跡継ぎたる自分。二人目は桔梗家から南天家へ婿入りした昌和(まさかず)。

三人目は福島(ふくしま)県会津(あいづ)若松(わかまつ)市に暮らす会津柊家の那月。四人目が土佐桔梗家の誰かならば、ちょうど順繰りになる。

「うん。それがいいね」

安心したような声で茜が言った。よほど決めかねていたのだろうか。

「高知のカツオ持ってきてくれないかな。丸ごと」

軽口をたたいてみたが、茜は背を向けたまま「はいはい」と言っただけだ。

「あるじ。土佐桔梗家には、どんな方がおられるのですか？」

さんごが興味深げに聞いた。そう言えば、さんごはまだ傍流三家の親族会議を経験していない。

「俺と同じくらいの年代だと、三人。四万十市の郷土資料館で学芸員になったおねえさんとか、大学生とか」

「四万十市とは、初めて聞いたね。四万十川なら清流で有名だけど」

茜が怪訝そうに言った。

「平成の半ばくらいにできたんですよ。土佐桔梗家が土着した中村市と西土佐村が合併して、四万十市って名前に」

「土佐中村だ。戦国時代には噂をよく聞いたものだよ。京都から土佐へ行った公家が京都そっくりな町を造ったってね」

「そうらしいです。応仁・文明の乱が始まって間もない頃に、公家の一条家が家臣を連れて土佐へ移り住んで、土佐一条家を作ったんです。家臣の中に桔梗家の陰陽師もいて、土佐桔梗家の祖になった、と祖父から聞いてます」

話してから、茜の過去を思う。

西暦一四六七年に応仁・文明の乱が起き、この西陣は西軍の陣地となった。京都だけでなく日本全国に戦乱が起き、戦国時代が始まったわけだが——土佐中村の噂を聞いたのならば、茜はその頃すでに冥官として働いていたのか。

——茜さん、自分のことをちょっと話してくれたぞ。

茜が茶の載った盆を運んでくる。

緑茶の香りがただよってきて、晴人は少しくすぐったい気持ちになった。

*

高知の食べ物と言えば海の幸・カツオ。高知の偉人と言えば幕末の坂本龍馬。

遠い地域に住む人たちはたぶんそう思っている。なぜなら、ガイドブックや全国ネットのテレビ番組で取り上げられているのをよく見かけるからだ。

だが、土佐桔梗家の長女である桔梗七海（ななみ）は「カツオと龍馬さんだけじゃないよ」と訴えたい。どこに訴えるのか、自分でもよく分からないが。

窓の外には京都に倣って碁盤状に道路が敷かれた町並みと、青くゆったりと流れる四万十川。京都を連想させる山並み。五月の終わりの緑はまるで香り立つような爽やかさだ。

住み慣れた土佐中村の景色に、ガラスに映る自分の姿が重なっている。ウェーブのかかった髪、童顔と言われる顔、左胸の職員用名札。

この名札を得るために学芸員資格を取り、就活にも励んだ。晴れて郷土資料館の学芸員に採用された時は、あやうく人前で泣くところだった。

それを思えば、やはりアピールしたくなる。

「四万十川の鮎と土佐一条家も、よろしくお願いしまーす」

唇の前に両手でメガホンを作り、小さくつぶやいた。

展望室には七海一人なので、反応する者は当然いない。今年二月にリニューアルオープンしたばかりのこの郷土資料館は一階から六階の展望室に至るまで真新しく展示も見やすくなったのだが、平日昼間はやや来館者が減る。

――来館者さん、もっと増えてほしいな。せっかくリニューアルしたんだから。

来館者が増えればこうして昼休憩にのんびり風景を見ることは難しくなるかもしれないが、勤務する郷土資料館がにぎわって喜ばない学芸員はいない、と思う。

階下の展示室では、川の恵みや水害防止の取り組みを知ることができる。

さらに、室町時代に京都からこの中村の地にやってきた貴族、一条教房公とその一族についても学べる。

そして、いつかは——いつになるか分からないが——中村の地に伝えられてきた宝物、七星剣とそのレプリカも見られるのだ。

銀の北斗七星が刀身に刻まれた諸刃の剣は、錆びてなお威風堂々たるものだ。一方、輝くレプリカは、宝剣だった頃を彷彿させる美しさである。

「一般の人は見られないなんて、もったいない……」

公開されたら、京都からもたくさん人が来るかもしれない。

京都は慕わしく、思い浮かべるだけでわくわくする土地だ。

七海の遠い先祖は、一条教房公に従って京都からこの地へ来たのだから。

——でも、問題が二つある。

一つは、七星剣の製作年代がはっきりしないことだ。七海が生まれる前、昭和の頃に「奈良時代以前の製作」とおおまかな鑑定結果は出たらしい。しかし自治体としては、調査技術が進んで正確な製作年代が分かってから公開する方針だ。妥当な判断だと七海は思う。資料館は珍しい物を見せるだけの場所ではなく、社会教育を担う施設なのだから。

「お仕事のさいちゅうでしょうか。土佐桔梗家の、七海どの」

幼い少年の声がして、七海は振り返る。

展望室は相変わらずがらんとしていて、他には誰もいない。

――何？　他の階の声？　でも私を、土佐桔梗家の人間だと言った！

胸に着けた職員用のバッジに触れる。印字された名は「桔梗」の二字のみ。七海の家を「土佐桔梗家」と呼ぶのは、安倍晴明の血筋に連なる傍流三家の者だけだ。

「こちらです、外です。晴明さまの代理でまいりました、式神です」

白昼夢かもと思いながら、もう一度窓の方を向く。

コツンと窓ガラスをつついた茶色の鷹（たか）が、少年の声で「はじめまして」と言った。

――ああ、本当に。あの手紙は。

この春、桔梗家の当主から傍流三家の家々に文書が頒布された。手紙よりも文書と呼ぶ方がより的確な物々しい書きぶりであった。

内容は、大まかにまとめれば三つ。

先祖である安倍晴明が、冥府の官吏として現代の京都に生きていること。

京都を守る結界は弱っており、晴明はその補修のため地鎮祭を目論んでいること。

その準備の一環として傍流三家の何人かに式神を持たせる必要があるので、京都西陣にあるかんざし六花に来てほしいこと。

文書を受け取った土佐桔梗家では、ちょっとした家族会議が開かれた。

両親は、勤めのある長女の七海よりも、大学生の長男か次男が適任ではないか、と提案した。現に、一人目は大学生の晴人なのだから、と。

しかし七海が「有給休暇で京都に行く」と言い、弟たちが「やってもいいけど大学生だって普通に忙しい」と主張した結果、七海が引き受けることになったのだった。

「あの、今はお昼休みですが、午後は通常業務と、童話の読み聞かせがあります」

窓の外に向かってぼそぼそと小声で返す。

鷹は「おいそがしいところ、恐縮です」と幼い少年の声で言った。やはり白昼夢ではないようだ。

「読み聞かせとは、どのような本を？」

「最初は、子どもたちに人気の児童書のシリーズを一冊。それからもう一冊は、地元の人たちが作った絵本です。内容は、京都から来た一条教房公と土佐中村にまつわる伝説です」

「いまの子どもは、教材が充実しておりますね」

「はあ……」

中年以上の大人が言いそうな感想だ。

「終業まで、おまちします。ここで読み聞かせを拝聴しても、よいですか？」

礼儀正しいが、なかなか押しが強い。

「人のすがたにもなれるのですが、入館料の持ちあわせがありません」

式神の律義さに、七海は「んふっ」と小さく笑った。

「申しおくれましたが、わたしは双葉（ふたば）と申します。以後お見知り置きねがいます」

鷹は狭い窓枠の上で、茶色い頭をぺこりと下げた。

トビに似ているが、もっと小さい。四月頃日本に飛来する渡り鳥、サシバだ。この地域にもやってきて森で繁殖する。

——四万十川の自然に合わせてくれたのかな？　単に速くて強いから？

どちらにしても、双葉や晴明たちと仲良くしたいとは思う。

四万十市も、先祖や歴史でつながる京都も、七海には慕わしい場所なのだ。

＊

「あるじ。晴明様の式神は、すごいです」

かんざし六花の座敷で寝転がる晴明を横目に見ながら、さんごはひそひそと言った。起こしては悪いと思ってのことだろう。

「うん。男の子だと思ってたら、いきなり鳥になって飛んでった」

座卓で大学のレポートを進めつつ、晴人は相槌を打つ。今日のアルバイト業務は終わったので、ここで勉強しながら双葉の報告を待っているところだ。

「双葉どのはきっと、水ようかんを完食できるのでしょうね」

「さんごだって、生まれたてなのに三分の一食べられたじゃないか」

座卓にノートやテキストやパソコンを並べ、晴人の頭はほとんど課題の内容に占領されている。

「うちの双葉は見た目通りの歳ではない。さんごは気にするな」

晴明が起き上がる。琥珀色の髪が少し乱れていかにも寝起きという雰囲気だが、稲荷社を守る白狐に似た怜悧な面立ちは崩れない。瀟洒なかんざし屋の奥で美青年が座布団を並べて寝転がっているとは、客たちは思いもしないだろう。

「では、晴明様。双葉どのみたいに人の姿になったり、強そうな鳥になってお使いに行ったりは、相当の年数を経ねばならないのですね」

「晴人君と君の努力次第だ」

「ですってよ。あるじ」

さんごが鼻先で腕をつついてきて、晴人は「んー」と曖昧な返事をした。式神の主(あるじ)とはもしや大変な仕事ではなかろうか。違う人格がともに生きていくだけでなく、主導権や責任は陰陽師の側にあるのだから。

*

ずっと昔、京都で大きな争いが起きました。今は「応仁・文明の乱」と呼ばれています。違う一族同士の争いと、同じ一族の中での争いがからみ合って、争いは日本中に広がりました。

特に戦いが激しかったのは、最初に争いが起きた京都でした。たくさんの家やお寺や神社が燃えました。これは大変だ、と思って、京都から奈良(なら)へ避難したのが一条兼(かね)

良という貴族でした。一条兼良には何人かの息子がいて、そのうちの一人が奈良で偉いお坊さんになっていたので、頼って行ったのです。

他の息子たちは、どうしよう、と迷いました。全員が、奈良の兄弟を頼るわけにはいきません。息子たちには大事な家族も、財産や領地を守ってくれる家来もいるのですから。

そこで、土佐国の中村に引っ越そうと考えたのが一条教房です。土佐中村は一条家の荘園と言って、領地の一つでした。土佐中村の土地は一条家のもので、土佐中村の人たちは穫れたお米などを一条家に納めていました。

自分たちの領地だけれど、海の向こうの遠い土地に行くなんて、どれだけ勇気が要ったでしょう。

でも、一条教房には心の支えがありました。土佐中村は、京都に似た地形だったのです。北と東と西を山に囲まれて、川が南へ流れている。見える風景が似ていれば、さみしくない。一条教房は、土佐中村に来て京都に似た町を造りはじめました。

道を碁盤の目のように通して、京都そっくりにしました。人が集まる、商業の盛んな町に作り替えていきました。

京都と同じように山に大文字を描いて、火を灯しました。

今でも、土佐中村の人たちは大文字に火を灯します。京都の葵祭に倣って、華やかな行列が土佐中村の町を練り歩きます。京都の葵祭では平安時代の衣装を着ますが、土佐中村では、一条教房がやってきた室町時代の衣装を着ます。一条家は今も親しまれているのです。

＊

展望室に並んだパイプ椅子は、半分は子ども、残り半分は大人で埋まっている。子ども向けの朗読にしては難しい内容だったろうか——と七海は心配していたが、杞憂だったようだ。

「ここと京都が似てるって言うけどさ、京都には海がない。そんなに似てなくない？」手を挙げて聞いてくれる子どももいれば、「海があると、海賊が来るよね？」と鋭い問いを発する子どももいる。

——ちゃんと疑問に答えるには、時間と私の知識が足りない。

内心たじたじになりながら、隣に立つ先輩職員を見る。眼鏡をかけた四十代半ばの男性職員は「うんうん、どちらも良い質問ですね」と笑顔を見せた。

「桔梗さん、答えてあげてくれるかな」

「はいっ。一条さんの領地の中で、地形の全部が京都に似ているところはなかったのかもしれません。一番京都に似ているのが土佐中村だった、っていう説があります」

「桔梗さん。『説』ということは、はっきりしないことが多いんですね?」

と、先輩職員が合いの手を入れる。

「江戸時代には、土佐中村は碁盤の目に道路が整備されていた。でも、実際に一条教房公が道路を整備したかどうかは、不明なんです」

「伝説では一条教房公が碁盤の目を造ったとされているけれど、証拠はない、と。さっきもう一つ質問してもらった、海賊の心配についてはどうですか?」

「海賊は室町時代にもいたけれど、海があると便利なこともあったんです」

「海があると便利なことって、何ですか? 桔梗さん」

先輩職員の合いの手は芝居がかっていて、まるでテレビ番組の司会者だ。

——ほんとは先輩の方が詳しいんですよねえ、知ってる。

「船を使って遠い地域と行き来できたことです。一条氏の外戚、えっと、親戚の加久見氏の屋敷跡からは中国や日本の陶磁器が出てきています。そして一条氏も交易に関わっていたのでは、という説もあります」

子ども相手にどれくらいの精度で話せばいいのか迷いながら話す。退屈そうな子はいないだろうか——と怯えながら展望室を見渡すと、壁際に青白い人影が揺らめいていた。

——うわわ、また、いる。いらっしゃった。

頭にかぶった烏帽子や身にまとった直垂から推測すると、鎌倉時代か室町時代の武士のようだ。青白く見えるのは、直垂の藍色と血の気の薄い肌のせいらしい。

「はい、どうもありがとう。詳しい内容を知りたい方は、また後で聞きに来てね」

進行役の先輩職員には見えていないようだ。図書館にあるような台車を押して、何冊かの本を運んでくる。

「一条さんに関する他の本はこっちにあります。最初に読み聞かせしたシリーズの続きもありますよ。読めば、今から夏休みの読書感想文の準備ができます」

「えーっ、今から夏休みの話？」

子どもたちがざわめく。

「何を読むかだけでも決めておくと、休み中に楽ですよ。私の経験ですけども」

先輩職員が軽やかに返す。子どもたちは互いに相談を始めた。

——やっぱり。

七海は手にしていた絵本を見る。タイトルは『一条教房公と土佐中村の伝説』。地元の有志が制作したこの絵本が先月持ちこまれてから、青白い武士の影が見えるようになった。雰囲気からすると害意はないようだが、七海は気が気でない。

武士が伏し目がちに、腰に佩いた剣の鞘をなでている。

時代を考えればノの字に反り返った太刀を腰に佩いているはずだが、鞘の形からするとまっすぐな両刃の剣のようだ。

——時代が合わないよ。両刃の剣が使われたのはもっと古い時代、日本刀の形が生まれる前だもの。

剣の形だけでなく、豪華さも七海の注意を引いた。柄は金色に輝き、黒い鞘には赤や青の玉が飾られている。武具ではなく宝物や儀式用具としての剣だ。

——武具ではない刀剣。七星剣もそうだよね。

七海は、武士の影をメッセージだと思っている。郷土資料館が所蔵する両刃の剣、つまり七星剣について何か言いたいことがある、と。

——お侍さん、公開に反対してるのかもしれない。

七星剣公開について七海の考えるもう一つの問題がこの武士だった。土佐桔梗家の当主である父親に相談したところ「邪悪な者ならあの土地に長く居られない。心配せず、しばらく様子を見なさい」とのことであった。

――心配せずに観察するって、難しいんだけど。

桔梗家当主からの文書は、七海にとって渡りに船だった。式神を持つようになれば、素性の分からぬこの武士に対処できるかもしれない。

窓の外を振り返ると、枝に止まったサシバが返事のように翼を広げた。

仕事を終えて資料館を出た途端、ピイと鋭い鳴き声が聞こえた。

城の天守閣を模した資料館の屋根から、一羽のサシバが下りてくる。

「双葉さん？」

七海が呼びかけると、サシバはくるりと宙返りした。

地面に降り立ったのはハーフパンツにポロシャツを合わせた十歳くらいの少年で、七海は小さく「わっ」と声を出した。

「あまり驚かないのですね、七海どの」

意外そうに少年が言う。

「子どもの頃から、変わった物は見てるんだ。海辺に出たら、波打ち際ぎりぎりにクジラの尾だけぴょこんと出てたり。ぼろぼろの袈裟をかけたお坊さんが神社の前をうろうろしてたり」

「なんと。ご苦労されたのですね」

「つらくはなかったです。祖父や父が、お祓いみたいなことをしてくれたから……」

怖くなかったと言えば嘘になるが、自分は京都の陰陽師の子孫であるという自負や守ってくれる家族の存在は大きかった。

「て言うか、すみません！　晴明さんのお使いを『変わった物』扱いして」

「じっさい、変わっているのです」

しみじみと双葉は言う。弟たちの幼少期と比べてあまりに落ち着いている。

「七海どの。歩きながらお話ししても？」

「いいですよ。家は近くだから、家族と一緒に鮎最中でも、どうでしょう？　鮎の形の最中に、あんこが入ってるんですけど」

「ありがとうぞんじます」

双葉と話しながら、七海は気持ちが落ち着いてくるのを感じていた。

晴明の代理を務めるこの式神がゆったりした物腰でいるのだから、剣を持ったあの武士はきっと悪い物ではないのだ。

「さっそくですが、七海どの。あの武士は、一条教房公によく似ています」

「え、本当に？」

悪い物ではないどころか、この地の偉人だ。

「双葉さん、一条教房公の顔が分かるんですか？　五百年以上前の人ですよ？」

「実はわたしは、そのころから晴明さまの式神だったので。亡くなられて、冥府においでになった時もお顔を拝見しました」

「な、なるほど……？」

しかしそうなると、気がかりなのは相手の意図だ。

「あの絵本が資料館に持ちこまれてから姿を見かけるんです。教房公は、どうして出ておいでになるのか……。そして、どうして何も言ってくれないのか……」

「ああ、こちらの説明がわるかったようです」

双葉は慌てたように顔の前で両手を振った。

「あれは教房公ではありません。ご本人はきちんと冥府にいらっしゃいましたので、現世をさまよっておられる可能性はまずない」

「じゃあ、あの剣のお侍は」

横断歩道で二人は立ち止まる。

渡ればすぐに七海の住む家だ。

「わたしは今までに、似たような方々とお会いした経験があります。北野天満宮の鬼切丸、大覚寺の薄緑、博物館に眠る坂上田村麻呂の大刀……」

双葉が挙げたのは、名の知れた刀剣ばかりだ。

「あの武士は、おそらく剣の魂です」

「剣の魂？　人間に魂があるように、剣にも魂が宿ってるってことですか」

「ええ。そして刀や剣の魂は、ご縁のある人の形を借りる場合があります」

急に七海の胸は高鳴りだした。

四万十市所蔵のあの七星剣は、製作年代だけでなく由来も不明なのだ。

「七星剣は、京都から土佐中村にやってきた一条教房公とご縁がある……？」

信号が青になる。七海が渡りはじめるのを待って、双葉もついてくる。

「一介の式神による、ただの推測なのです。でも、教房公とあの影が瓜ふたつである

ことは、保証いたします」

「そうなんですね……」

「やはりわがあるじ、安倍晴明さまに会っていただかねばなりません。七海どのも、七星剣の魂どのも」

横断歩道を渡り終えて、双葉は頭上を見る。

　街路樹の枝に、あの青い直垂姿が腰かけていた。

　樹上に笑いかけてから、双葉は七海に視線を戻す。

「七海どの。せっかくのお申し出ですが、鮎最中のご相伴にはあずかれません。今から、七星剣の魂どのにお話を聞きたく存じます」

　できるのか、と問うのがためらわれるほどの決然とした口調だった。青い袖を広げて、七星剣の魂が地上に下りてくる。

「ついてきたのを気づいておったか」

「だまっていて、失礼いたしました。どうお声がけするのがよいか、かんがえていたのです」

「かまわん。話を聞いていたおかげで、おぬしが安倍晴明公の式神だと分かった。われの正体を看破するほどに聡いこともな」

「ようございました。七星剣の魂どの」

　双葉が人懐こい笑みを見せる。

　目の前の少年は、確かにただならぬ存在なのだ。

「あの『読み聞かせ』とやらだが」

「はいっ」

七星剣の魂に見つめられ、七海は直立不動で返事をした。

「いや、返事をせずとも良い。普通の人間には、われが見えぬからな。怪しまれぬよう黙って聞け」

――ご配慮、恐れ入ります。

七海は口を閉じ、うなずいた。

「われの出番がないのだ」

――出番？　一条教房公の京都下向の話に？

「七星剣どの。もう少しくわしく教えてくださいませ」

双葉が問う。通行人が笑顔で通り過ぎていく。子どもがごっこ遊びを姉に聞かせているように見えたのだろう。

「この娘が近頃、民草に一条教房公の物語を読み聞かせておる。だが、一条家を守るべく、ともに京から土佐中村へ赴いた、われの話がまるで出てこない」

――えっ、そうだったんですか？　でも……。

あの絵本は伝説に基づいていて、史実を伝える教材とは違う。しかし、伝説があること自体は事実だ。それに比べて、七星剣は伝説すら伝わっていない。

七海は言いたいことを抑えた。七星剣の魂にしてみれば、不満なのだ。

「だいじなお役目を負っておられたのに」

気の毒そうに双葉は言う。あくまで親身に聞く姿勢だ。

「しかし、人間にも事情があるのです。学問のうえでは、明らかになっていないお役目なので」

こくこく、と七海はうなずく。

「では、別の形でわれの物語を伝えよ」

――私一人で別の絵本を作れと？　そんな才能は、ない！　費用もない。

口をぱくぱくさせる七海から不満な様子を汲み取ったか、双葉が前に進み出た。

「七星剣どの。七海さんの家は、土佐桔梗家。晴明公の傍流の子孫です」

「うむ。たびたび死霊のたぐいを見ておるようだ。血筋だな」

「土佐桔梗家は、傍流三家の家々と交流がございます。あなたさまのお話を、晴明公の傍流の人々に伝えてゆくだけで、ご勘弁くださいませんか」

「伝承の役目は、そこの七海という娘が負うのか」

七海は双葉が何か返事をする前に、大きくうなずいてみせた。

この地の史料に関わる役目だ。学芸員である自分が担いたい。

それに、今後調査が進んで七星剣の由来が証明された時、適切に情報を伝承できるのは自分だ。少なくとも、土佐桔梗家の中では適任だと思う。

「では、土佐桔梗家の七海に二つ要求する。一つ、長く生きてあの宝物庫で働く」

宝物庫とは、資料館のことだろう。もちろんそのつもりだ。

「二つ。安倍晴明公の子孫として、自ら死霊を祓える程度の力を持て」

「式神を持たせれば、その願いは叶うことでしょう」

双葉が無邪気な調子で言った。

「京都西陣、かんざし六花。晴明さまの部下がいとなむ店では、陰陽師の卵にひとつの小物を選ばせ、式神の依り代とするのです」

「ほう。では急げ。今からでも」

「いやいや、せめて次の月曜日に」

思わず声に出した。

「ふむ。宝物庫勤めでは融通が利かぬか」

博物館や図書館は月曜休みが多い。剣の魂はそこまで頓着していなかったようだ。

「せきにんじゅうだいですね、七海どの」

真面目な顔で言う双葉を、また別の通行人が笑顔で見て通り過ぎた。

＊

かんざし六花の坪庭へ、一羽のサシバが下りてくる。

庭石に着地する時、背の低い笹（ささ）がさらさらと揺れた。

「ご苦労様、双葉」

茜の呼びかけに、サシバはピイッと鳴いて応える。晴人の腕の中で、さんごが感嘆の溜（た）め息（いき）をつく。

「双葉。お帰り」

晴明が差し出した腕にサシバが飛び移る。座敷に向かって藤色の布がひらひら舞ったと晴人が思った直後、畳に十歳前後の少年が座っていた。

短く切（き）り揃（そろ）えた黒髪、藤色の水干（すいかん）。膝に置いた両手が白い。

晴明の式神・双葉であった。

「お待たせいたしました。土佐桔梗家の七海さんと、話してまいりました」

「ご苦労。式神を持つ件、了承してもらえただろうか」

「はい、晴明さま。ちょうど困りごとをかかえておられたので」

――七海さんが？

二年ほど前に親族会議で挨拶を交わした時は、元気そうだったのだが。

「土佐中村に伝わる七星剣の魂どのと、さんにんで、お話をいたしました」

「色々と、ご苦労だったたな。京都からの往復も疲れただろう」

晴明がしゃがみこんで、双葉と視線を合わせる。その姿は主従というよりも、祭りの扮装（ふんそう）をした弟に話しかけているかのようだ。

「詳しい話は、茶でも飲みながら聞こう。茜が用意してくれる」

「かたじけのうございます。茜さま」

「お茶もいいけど、みんなで夕飯にしようか？　晴人君も勉強を頑張っていたようだからね」

そんなことを言う茜は、晴人の亡くなった祖母を思い出させた。見かけは若い女性なのだが、何か作って食べさせる時の嬉しそうな表情がよく似ている。

双葉が歩いてきて「晴人どの、さんごどの」と呼んだ。

「おふたりとも、先ほどは挨拶もそこそこで飛んでいってしまい、失礼しました」

「ううん。お疲れさまでした」

「わたし、感嘆いたしました。あんなきれいな鳥になれるなんて」

さんごが畳の上でばたばたと足踏みをする。興奮しているようだ。

人間に化けられるようになったら相当やんちゃ者に仕上がるに違いない。晴人はその日が来てほしいのか来てほしくないのか、若干複雑な気分になった。

＊

四万十川が朝日に輝くのを横目に電車に乗り、京都駅前のホテルに旅の荷物を置き、地下鉄とタクシーを乗り継いで北野天満宮に着いたのは午後四時前であった。

——よ、よし、約束に間に合った……。

大きな鳥居にもたれるようにして、七海は嘆息した。かんざし六花は細い路地にあるので、晴明の式神である双葉がここまで迎えに来てくれることになっている。

待ち合わせの手はずについて電話で連絡をくれたのは桔梗家当主、つまり晴人の祖父だ。七海が「晴人君、お元気ですか」と聞くと「浮世離れしていないか社会人の目で見てやってください」と返ってきた。孫への心配にしては妙だ。それこそ浮世離れしている。

——でも晴人君、偉いなあ。私はもう二十代半ばだけど、あの子は今年やっと十九歳。

一年半前、秋の終わりに行われた親族会議を思い出す。

京都市内で会議室を借りて、昼食は料亭からの仕出しだったのを覚えている。あまり食べない晴人を心配して「最近どう？」と話しかけると「雪かきが面倒ですね」とそっけない返事であった。南国育ちの七海はどう答えていいか分からず「大変だね」としか言えなかったものだ。

——気の利かない親戚だと思われたかな。それ以前に、向こうは覚えてないかも。

鳥居から奥へと続く緑の木立を眺めていると、双葉の声が聞こえた。

「こんにちは。ようこそ、遠くからおいでくださいました！」

今日は、ぱりっとしたカッターシャツとスラックスを身に着けている。制服を着た小学生のようにも見える。

「お出迎えありがとうございます」

駆けてくる双葉に近づこうとして、もう一人の人物に気づいた。長身に鉄紺色の着物をまとった、琥珀色の髪の青年だ。まるで双葉の保護者であるかのように、後ろから歩いてくる。

「双葉君。そのおにいさんは、お知り合い？」

不審者から未成年を守るような気持ちで、七海は尋ねた。

「はい。わがあるじです」

にこっ、と双葉が笑う。青年がゆったりとした歩調で追いつく。瞳も髪と同じ琥珀色だ。白皙の美青年、という言葉を七海は思い浮かべた。

「失礼いたしました！　土佐桔梗家から参りました、七海です」

深く一礼した七海に、青年は気だるげな声で「気にしないでくれ」と言った。

「むしろ、うまく現代人に化けられていると分かって嬉しい」

「丸っきり、通りすがりの京都市民でしたよ。はは……」

――ちゃんと言ってよ当主さん！　若いかっこいい人だって！

七海が想定していたのは、口髭を生やした中年の男性であった。京都市内の晴明神社に建つ、直衣姿で天を仰ぐ安倍晴明公像にそっくり――とまでは言わないが、それに近い想像をしていたのだ。

「七海さん、と呼んでも失礼ではないだろうか。桔梗家の総領のことは『晴人君』と呼んでいるのだが」

「あっ、はい」

「七海どの、はやくお店でひと息ついてください。たくさん乗り物に乗って、おつかれでしょう」

さりげなく双葉が七海の手を引く。

「七星剣どのも、おいでくださいませ」

双葉が北野天満宮の鳥居を見上げる。そこには果たして、青い直垂姿が腰を下ろしていた。

「ど、どうやってついてきたんです？　もしかして私と一緒に特急あしずり、乗ってました？」

「人ではあるまいし」

鳥居から飛び降りてきて、七星剣の魂も双葉について歩きだした。

「次の月曜、と七海が言っておったからな。一足早く京都に来て、七海の気配を頼りにここまで来た」

「そうですか……」

気配を追ってくるとは何やら不気味だが、宝剣の魂だと思えば邪悪さは失せる。

「怖がらないとは肝が太い」

「普通の学芸員とは、ちょっと違いますから」

「なるほど」

先頭に立つ双葉が細い路地に入る。立ち並ぶ町家を見ながら歩くうちに、七海は恐ろしいことに気づいた。

「ちょっと待ってください。資料館で所蔵している七星剣そのものは、大丈夫なんですか？　魂が抜けちゃってる状態ですよね？　欠けたり折れたりしませんか？」

「ただでさえ錆びておるというのに、縁起でもないことを言うでない」

「すみません」

魂が壮健な武士の姿なので、気遣いを忘れていた。七星剣の刀身は、高度な科学技術で分析せねば正確な製作年代が分からない状態なのだ。

「魂がしばし抜けたくらいでは、刀身は崩れぬ。土佐中村を守る宝剣としての神威は多少欠けるかもしれんが」

「さらっと怖い話、しましたよね？」

七海は焦ったが、七星剣の魂は平然としている。

「今の土佐中村には、幕末の頃に建てられた一條神社（いちじょうじんじゃ）がある。一条公への信仰も篤（あつ）い。しばらくなら厄除け（やくよ）は充分できる」

「しばらくなら……ですか」

「七海が早う（はよ）式神を得れば、われも安心して土佐中村の地へ帰れるのだが」

眉をひそめて、七星剣の魂は言った。

「責任重大じゃないですか」

今日は休館日、明日は有給休暇。ということは、二日間しか時間がない。

「七海どの、がんばりましょう。かんざし六花で、みんなで」

双葉が一軒の町家を指さした。

小さなショーウィンドーには菖蒲(しょうぶ)と紫陽花(あじさい)の花かんざしが飾られている。「かんざし　六花」と染め抜いた暖簾が翻り、かすかに花の香りがした。

＊

――当主さん。お孫さんは、晴人君は浮世離れしています。

かんざし六花の座敷に座り、七海は桔梗家当主に連絡したくなった。

座卓の向かいに座る晴人は記憶よりも大人びて、そして白い狐を抱えていた。

「あるじ。鮎のお菓子です」

耳やしっぽの先、そして前掛けが薄紅の狐は、七海の持ってきた土産の箱に目が釘(くぎ)付(づ)けになっている。

「すみません、七海さん。うちのさんごは生まれたてで、小っちゃい子なので」

晴人が申し訳なさそうに言った。端整な口元から飛び出た「小っちゃい」という可愛らしい言葉に、七海は軽く度肝を抜かれる。

「ううん。でもびっくりしちゃったな。晴人君はクールな印象だったけど、すっかりさんごちゃんにめろめろな感じで」

「めろめろ……？」

復唱する晴人は、何のことだか分からない、と言いたげだ。

「面妖であることよ」

七海の隣に座った七星剣の魂が、卓上に身を乗り出してさんごを見る。

「白い狐の姿だが、気配が神に仕える神狐とは違う。人に化ける野狐とも違うし、ましてや悪事をなす妖狐とも違う」

「あるじは、観世稲荷のお使い狐である水月さんに気に入られているのです。それで、わたしはその姿に似ました」

「へえーっ。晴人君、すごいじゃない！」

心から七海は言った。地元から出てきて間もないのに、神に仕える神狐に気に入られ、自分の式神も得ている。

「どうも……」

久しぶりに会った親戚に褒められて居心地が悪いのか、晴人は目をそらした。

「晴人君。鍋焼きラーメンの美味しい店、七海さんに聞いておかなくていいのかい？」

廊下を兼ねた台所から、和装美女が振り返って言った。この店を営む、茜という冥府の官吏だ。外見は自分より少し若い女性だが、やけに目に迫力がある。

「順番が違うでしょうが！　先に、七海さんの式神の苗床を決めないと」

「はいはい。私はお茶を淹れるから、持ってきてくれた鮎最中を小皿に載せてね」

「うっす」

ぞんざいな返事をして、晴人はさんごを離して土間兼台所へ下りていく。

「これは苗床を決めるために聞くのだが」

今まで黙っていた晴明が、ゆっくりと話しだした。

「七海さんの職場では、かんざしを髪に挿すのはまずいだろうか」

「そうですね、華美すぎるのは避けたいですし、普通の髪留めより外れやすいと事故の元ですから」

「やはりか。なるべく持ち歩きやすい品が良かろうと思うが、どうだろう」

「南天家の昌和さんは男の人で髪も短いけど、かんざしを桐箱(きりばこ)に入れて持ち歩いてるって聞きました。だから、かんざしでも良いと思います。このお店のかんざし、ショーウィンドーと売り場で少し拝見したけど素敵だったし」

「あら、ありがとうね」

台所から茜がウインクを寄越してきたので、七海は「へへっ」と口元を緩めた。怖い人でなくて良かった、と思う。

「七海さんは、海の青色が似合いそうだねえ。花かんざしを持ってもらうのもいいんだけど」

「海の青っていうと、薄い青じゃなくて紺色に近い色ですよね」

「うん。七海さんは肌の色が白くって、爪や手のひらがきれいな桃色だからね。濃い青と合いそうだ」

まだ少ししか話していないのに、そこまで見られていたとは思わなかった。

——褒められちゃった。マニキュアしてなくてラッキー。

「ありがとうございます。ただ、海の青は難しそうで」

茜が煎茶を、晴人が鮎最中を盆に載せて運んでくる。配膳されるそれらに「ありがとうございます」と礼を言いながら、七海は自分の悩みを話そうと決めた。

「実は私、海のような濃い青色を身に着けるのが怖いんです。似合わなかったらどうしようって」

「おや、そうかい？」

茜が不思議そうに言い、煎茶碗（せんちゃわん）を口元に持っていく。つられて七海も煎茶を飲む。甘やかな香りと爽やかさを併せ持つ、柔らかな飲み口だ。

「濃い青色は、好きです。晴れた日の四万十川の色だから。でも、もっと大人っぽい人に似合うんじゃないかって」

童顔なのがコンプレックスだ、とまでは言わなかった。同窓会でふと話した際、あまり親しくなかった女子に「若く見える自慢？」と言われたことが、今も心に引っかかっている。

「だから、青は青でも、水色しか着ないです。小物類も水色かピンクか白で」

自分の服装を見下ろす。白いトップスに水色のスカートで、全体的に淡い印象だ。

「七海さん、七海さん」

晴人が左拳を軽く掲げ、腕まくりをした。何事か、と七海は身構える。

「手首見て。俺の式神の苗床、可愛いピンクだから」

晴人が言う通り、左手首に巻かれた紫の組紐に一粒の桃色珊瑚が光っている。

「七海さんから見てクールだった俺が、今やキュートなピンクを身に着けてる。だから、好きな色を身に着けて問題ない」

真顔で言われると、七海は「うん」と答えざるを得ない。

「今の人間は良いな、七海。高貴な者以外も、気兼ねなく紫を使える」

七星剣もまた、真顔であった。いずれも、七海のコンプレックスなど気にしていないようだ。

「俄然、燃えてきたよ」

茜がそう言って、鮎最中のしっぽ部分を口に運んだ。

「何か、思いつかれたことがあるのですね」

双葉が期待のこもった眼差しで茜を見る。

「茜さん。俺にできることは？」

「勤勉だろう、うちの子孫は」

晴人の申し出にかぶせるようにして晴明が自慢したので、茜は肩を小さく揺らして笑う。笑いが収まってから、煎茶の最後の一口を飲んだ。

「七海さん。濃い青色に慣れるために、扇子から始めようか？」

茜の言葉に、晴明が無言で二度うなずく。

「扇子、欲しいです。持っていないし、これから暑くなるからちょうどいいです」

いきなり青の花かんざしや衣服を身に着けるのはハードルが高いが、扇子ならできそうだ。似合わないと思ったら、バッグにでも入れておけば良いのだから。

「ようし。じゃあ晴人君、青色を使った扇子を売り場で選んで。七海さんも一緒に」

「うぃーす」

身軽に晴人が立ち上がる。棚の抽斗（ひきだし）を開けて角盆を出し、畳んだ風呂敷を敷く。

「はい、じゃあここに扇子を並べていきましょう」

料理番組のような調子で言うと、七海より先に土間に下り、売り場に出ていく。

「はーい。よろしくお願いしまーす」

七海は、いつか見た料理番組の助手を真似（まね）て返事をした。土間へ下りて晴人についていきながら、雰囲気が優しくなったな、と思う。

「七海さんの言う通りこれから暑くなるから、扇子の陳列を増やしたんですよ」

ガラスの陳列棚に、開いた状態で扇子が並んでいる。

金粉を散らした豪華な扇子はごく一部で、ほとんどは普段使いできそうな品だ。

「こっちの金色きらきらなのは飾り扇子だから、ちょっと違うかな。紙扇や絹扇なら、普通に持ち歩けます。扇面全体が青いのは男性向けが多いみたいだけど、女性向けにもあるから大丈夫。白い地に青い模様のもあります」

晴人の説明を聞きながら、陳列された扇を眺める。

青い地に桜などの花柄、青い地に白い蝶、白地に青い波と千鳥。

いずれもきれいだと思ったが、慕わしく感じたのは波と千鳥であった。

「波と千鳥だと、薄情かな」

「えっ、何の話ですか？」

晴人が驚くのも無理はない。

「実は、私ね。『高知と言えば海のカツオと坂本龍馬さんが有名だけど、四万十川と鮎にも注目してください』って思いながら学芸員の仕事をしてきたの。テレビでカツオと龍馬さんばかり紹介されてる気がして」

「ああ、うん。俺も、高知と聞いてカツオを連想する口です。すみません」

「龍馬さんは？」

「京都で活動してた維新志士だから、高知と聞いてわざわざ思い出す感じじゃあないかな……」

「そうなんだ」

波に千鳥の扇子を手に取る。骨組みの竹が、手に心地好い。

「四万十川だって海につながってるし、七海さんは名前に『海』が入ってるじゃないですか。全然、いいと思います」

　ふと気がついた風に、晴人は言葉を継ぐ。

「七海さんって、強みは何でしたっけ。俺は『潤下』の水気らしいです。低い方へ流れながら潤していく」

「だから、深い海で育つ珊瑚が式神の苗床なんだね」

「そんなとこです」

　人は生まれながらに強みを持つ。それは陰陽五行説の木火土金水に対応する、と七海は祖父から教わってきた。

「私は、祖父から土気だって言われてる。育む土気」

「じゃあ、竹と紙でできた扇はぴったりですね。竹も、和紙の材料になる楮も、土から生えてくるから」

「……うん」

　右手で広げた扇に、左手を並べてみる。薄桃色の爪は、しぶきを上げる青い波と、翼を広げた三羽の千鳥に似合うだろうか。似合っていてほしい。

「よく似合うよ。仲間と波を越えていく、強くて可愛らしい吉祥文様だ」

茜がそっと近づいてきて、扇と七海の手を優しく見つめる。

気がつくと、晴明、七星剣、双葉、さんごも売り場に来ていた。

「寄せては返す波を幾度も越える。長生きしそうで大変似つかわしい」

七星剣が感想を述べる。そう、自分は式神の主となり、七星剣とともに永く街を守っていくのだ。土佐中村、今の名を四万十市という街を。

「まず名前を、つけるんですよね。式神に」

ある程度の手順は当主から聞いている。かんざし六花で苗床を選んだら、次に式神の名を決めて呼びかけるのだ。

波に千鳥の扇で、空気を扇(あお)いでみる。

青い千鳥も自分の爪も、仲間と並んでひらひら動く。祖父や父のように悪い物を祓えるような、そんな気がする。

願わくば、あらゆる厄を吹き飛ばしてほしい。

七海の脳裏に、一行の俳句がひらめいた。

「夏嵐(なつあらし)。夏嵐という名にしたいです」

「清々(すがすが)しい、強い名前だね」

茜がうなずく。

「ありがとうございます。強い、まさにそうなんです。正岡子規の俳句に『夏嵐机上の白紙飛び尽す』っていうのがあって。机に置いた紙を全部吹っ飛ばすくらいの勢いで、厄を祓える陰陽師になりたいなと思ったんです」

茜と晴明が並んでうなずく。

「へえ。子規の俳句って『柿食えば鐘が鳴るなり法隆寺』しか知らなかった」

晴人は感心している。持っていた角盆を帳場の隅に置くと、腕組みして「夏嵐、机上の白紙、飛びつくす」と復唱している。

「七海さん。ひとまず扇子に向かって、呼びかけてみるか」

晴明にうながされ、七海は軽く息を吸ってから呼びかけた。

「夏嵐。夏嵐」

返事はない。代わりに、羽ばたきのような音が聞こえた。

「わっ、反応、あった！」

七海の声に驚いたかのように、一羽の青い小鳥が飛び立つ。翼の形が分からぬほど激しく羽ばたいて、細い足で七星剣の魂にしがみついた。

青い直垂に青い小鳥、まるで保護色だ。

「おおう、これは、これは。愛い小鳥だ」

七星剣が相好を崩す。ほぼ「めろめろ」に近い。

「はじめまして、なつあらし」

しっぽを振るさんごを、晴人が「ご挨拶するか」と抱き上げる。白い狐と青い小鳥の目線が同じ高さになった。

「なつあらし。わたしは、さんご。この人の式神」

青い小鳥――夏嵐が小さなくちばしを開く。

チイ、チュピピ、といかにも小鳥らしい声がこぼれた。

「あらっ、まだ言葉はむずかしいですか。生まれたてだから、仕方ありませんね」

お姉さんぶった物言いが少女時代の自分のようで、七海は懐かしくなった。

「夏嵐。君の主は、あちらの女性だ」

晴明に教えられて、夏嵐が七星剣の魂から飛び立つ。畳んだ扇子を持つ七海の手に止まり、盛んにさえずった。

「うん、うん。よろしくね」

何を喋（しゃべ）っているのかは分からないが、懐いてくれたのは分かる。

「夏嵐の最初の仕事は、主とともに京都観光だな。人の言葉を学習せねば」

そう言えば明日は有休で、昼近くまで京都にいられるのだった。

「電車の時間があるけど、京都駅の近くなら何とか回れそうです」

「晴明さま、七海どの。わたしが案内いたしましょう」

双葉がぴしりと手を挙げる。この少年とさえずる小鳥、さらに白い狐が同じ存在とは。式神のバリエーションの豊かさに、七海は好奇心がうずいた。

「ぜひ来て。さんごちゃんも、良かったら先輩として」

「俺は講義があるけど、行っておいで。さんご」

さんごが晴人に抱かれたまま、窮屈そうにしっぽを振る。

「七星剣さんは、どうですか？」

七海に水を向けられて、七星剣の魂は「ふふん」と笑う。

「われは今夜のうちに土佐中村に帰り、お前たちを待とう。早う、自分の式神と語らえるようになれ」

夏嵐がピイ、ピイと高く鳴いた。

その声はひときわ大きくて、任せておけ、と言っているように七海には思えた。

第七話・了

第八話

0．1カラットの嫉妬

北東の山地から流れてくる高野川と北西の山地から流れてくる賀茂川がYの字に合流し、鴨川と名を変えてまっすぐ南の市街地へと流れていく。カップルが等間隔に並ぶ岸辺を抜け、京都駅の東側を通り過ぎ、下流の両岸は緑地となる。

Yの真下にIを足したようなこの流域の河川敷は、鴨川公園と名付けられている。

晴人の通う大学は、鴨川公園で言えば北西地域、賀茂川の近くにある。

北部の山並みが海原のように連なって見える、故郷の京北町の雰囲気が感じられる地域だ。岸辺は広々としていて、犬と散歩する人やジョギングする人が目立つ。

晴人は寝坊した日、賀茂川の岸辺で朝食を摂る。

温かいご飯もおかずも、パンの咀嚼すら諦めて、いつもの荷物にゼリー飲料のパウチを二つ押しこんで下宿を出る。

自転車で住宅街を走り、賀茂川に着いたら自転車ごと岸辺に下り急いで飲む。道端で飲まないのは、ゼリーを吸飲している時の顔を人に見られたくないからだ。

もっとも、賀茂川から眺める北の山並みが好きだから、という理由もある。

梅雨の晴れ間に恵まれた今日、晴人は久々に賀茂川べりでゼリーを飲む羽目になった。遅くまでレポート課題の参考文献を読み、ついでにゲームもして夜更かししたせいだ。

「講義で寝そうだ……」

プロテイン入りゼリーの容器から口を離して、晴人はつぶやいた。目が半開きなのが自分でも分かる。

「あるじ。寝てしまったら、昨夜ご本を読んで勉強した意味がありませんよ」

隣にきちんと座ったさんごが優しく諭してくれる。

「分かってるけど眠い」

「ほら、川をご覧なさい」

前足をちょいと出して、さんごは目の前の賀茂川を示した。鴨がふっくらした胸を川面に浸して、群れをなしてすいすいと泳いでいく。

「なんと丸々した、美味しそうな鴨！　目が覚めませんか、あるじ」

晴人の腹が、思いがけない大音声で鳴った。ゼリーでは物足りないと自覚する。

「うん。ある意味、目が覚めた」

「不思議です。あんなに丸っこいのに、どうして水に浮くのでしょうねえ」

「羽毛が水をはじくのは知ってる。あんまり詳しくないけど」

「あるじは、社会学系の学生さんですしね」

——さんご、難しい言葉だけじゃなく俺への気遣いまで覚えるようになってきた。

いったいどこで学習するんだろうな、と感心する。

プロテイン入りゼリーを飲み終え、雲の少ない空を見上げた。講義の後でかんざし六花へ行く予定なので、夕方から夜にかけての天候が気になる。

「さんご。そろそろ珊瑚の中に入らない？」

二つ目のビタミン入りゼリーの栓をねじって開けながら、晴人は聞いた。これを飲んだらすぐ、自転車に乗って大学に向かわねばならない。

晴人の左手首に巻かれた桃色珊瑚付きの組紐ブレスレットを一瞥(いちべつ)して、さんごは「いいえ」と首を振る。

「一応、見張っています。トンビがゼリーを狙っていますから」

さんごが鼻先を空に向ける。

翼を広げたトンビが、やけに低い位置で旋回している。尾羽のささくれが見えるほど近い。

「嘘だろ。パンやおにぎりをトンビに取られるのは聞いたことあるけど」

無機質な銀色の四角いパウチまで狙うとは、油断ならない。

「あちらもまだ、獲物かどうか見極めかねている感じです」

さんごは背中の毛を逆立て、しっぽを膨らませた。

「あっち へ行け！」

言葉の意味が分かったかのように、トンビが高度を上げた。

「すごい。追い払った」

「わたしの姿や声が分かるようです。野生の鳥は勘が鋭いのかもしれませんね」

「ありがとな、さんご」

「ほほほ。七海さんの夏嵐と再会したら、威嚇のやり方を教えてあげるのです」

「うん、いいね」

高知県へ帰っていった七海と、式神の夏嵐を思い出す。夏嵐は結局のところ、京都にいる短い間に人の言葉を習得することはできなかった。しかし、あまり心配は要らないと感じられる。さんごの場合、最初は声だけで姿形はなかったのだから。

「桔梗君。おはよー」

斜め後ろから若い女性の声が降ってきて、晴人は振り返る。舗装路から川べりを見下ろしているのは、大学の友人であった。細身のハーフパンツに、肩のあたりがひらひらしたブラウスが涼しげだ。

「おはよ、峰(みね)さん」

「バードウォッチングしてんの？」

「いや。ゼリーをトンビに狙われてる」

「何だ、ウォッチされる側か」

　やや男っぽい喋り方で、峰は笑顔を見せた。フルネームは峰衣織で、本人いわく画数が多いのが悩みらしい。

「先に行ってるよー」

「へーい、いってらっしゃい」

　背中を向けて晴人は朝食の吸引に専念する。峰とはなぜか、意識的に愛想良くしなくてもうまくやれる確信がある。心地好い距離感の同級生だと思う。

「あるじ。休み時間に時々おしゃべりしてる方ですね、峰さん」

「うん。経済政策とか都市社会学とかで一緒になる」

　二つ目のゼリーも飲み終えて容器をポリ袋に納める。道路に戻るため自転車を担ぎかけた時、うなるような声が聞こえた。

　声をたどって賀茂川を見れば、草の茂る中州に灰色の小さな人影があった。

　目をこらすと、長い髪を後ろでくくった女性のようだ。モノクロ写真のような灰色の立ち姿は、本物の人間よりも小さい。

うなり声に意識を傾けると、うらやましい、という言葉が耳に入ってきた。

幼い頃から幾度も見てきた。これもまた死者の魂だ。

——何を見てるんだ？

女性の横顔をうかがうと、対岸を見ているようだ。対岸では若い男女が寄り添い、手をつないでいる。

灰色の人影はまた、うらやましい、と言った。

——カップルに嫉妬してるってこと？

死者の魂にしては、漏らす言葉が生々しい。

たとえば、四月に哲学の道で出会った死者の魂は、泳ぐ鯉に無言でしがみついていた。あの世へ送るために晴人が地蔵菩薩の真言を唱えると「ありがとう」とだけ言い残して真如堂の方角へ飛んでいった。

それに比べると、中州に立つ灰色の女性は自己顕示がはっきりしている。

——でも、できることは同じだ。じいちゃんに教わった方法。

近くに人がおらず、対岸のカップルがこちらに注目していないのを確認する。

晴人は両手を合わせた。

「おんかかか　びさんまえい　そわか」

地蔵菩薩の真言を唱え、相手の変化を待つ。飛んでいくのか、消え去るのか。

中州の草が大きく揺れる。

灰色の女性は、肩を左右に揺らしながらこちらを向こうとする。

「あれはいけません」

手のひらをパチンと叩かれた。さんごの前足だ。

「あるじ、行きましょう。遅刻します。そしてあれは、いけません。思いが強すぎる」

「お、おう、分かった」

何かが今までと違う、しかしその何かが分からない。困惑しながら自転車を再び担ぎ、舗道に上がる。さんごが肩に乗った。

「わたしがお守りします。さあ、登校いたしましょう」

――晴明さんか茜さんに、言わなきゃ。報告しなきゃ。

キャンパスに向けてペダルを漕ぐ。

北の山並みは変わらず雄大だが、どこからか湧いてきた雲が谷間に入りこんで、雨降る日々の再来を告げているようだった。

＊

一限からずっと、晴人は薄ぼんやりした眠気と闘っていた。

だから三限の都市社会学の講義が終わって文具類を片付けていた時、ある女子の胸元に金色と虹色の光がきらめくのを見て（夢かな）と思った。

胸元に光をまとっているのは、幾度か話した覚えのある女子学生だ。席に座ったまま、他の女子と二人で楽しそうに話している。

――ダイヤか。教室の照明が強いから、虹色の光が出てるんだ。

きらめきの正体は、ペンダントだった。金色のチェーンが鎖骨の間でV字に合わさって、ダイヤモンドが一粒ぶら下がっている。

――おしゃれだ。母さんの指輪にも、一粒ついてた。

実家の母親は、指輪を二つ持っている。地金だけのシンプルな結婚指輪と、ダイヤモンドが一粒載った婚約指輪だ。記憶では『0．3カラットもあるから、ダイヤはもう一生これで充分』と言っていた。

「桔梗君、桔梗君。ちょっと見て」

ペンダントをしていない方の女子が、こちらを向いて手招きした。ペンダントをしている方は「えっ、恥ずかしっ」と言って慌てている。

「どうしたの？」

バッグを持って寄っていく。左手首でさんごが「もてますねえ」と茶々を入れるのが聞こえた。

「日尾(ひお)ちゃんの一粒ダイヤペンダント。大学に着けてきても全然いいよね！」

「どうでしょう？」

日尾ちゃん——ペンダントを着けた女子は晴人を見上げて聞いた。

「おしゃれだと思う」

正直にそのまま答える。二人の女子は手を取り合って「ふぁー」「わー」と声を上げる。喜んでいるらしい。

「あるじ。来ています。さっきの灰色が、窓際に」

さんごのささやきに従って、窓際に視線を走らせる。机と窓の間に、あの小さな灰色の影があった。

「ありがとう、桔梗君」

日尾に礼を言われて、晴人は窓際から視線を戻す。

「これね、両親が大学入学祝いで買ってくれたんだけど、ちょっと大きすぎるから心配してて。今日初めて着けたの」

「おお、そうなんだ」

「良かったね、日尾ちゃん。私も決心がついたよ。私も0．2カラットにする！」

「うん、うん」

女子二人が納得しているので、自分の出番はこれで終わりかな、と思う。

教室の出入り口に目をやれば、峰がいた。晴人ではなく、日尾を見ている。そばに寄り添っているのは、あの灰色の女性だ。

――いつの間にか移動してる。俺についてきたんじゃなかったのか。

「じゃ。良かったね」

軽く手を振って、峰を追う。

「峰さん、峰さん。ちょっと質問」

晴人に話しかけられた峰は、少し困ったような顔をした。

「今から学食なんだけど」

「学食、行きます、行きます。経済政策のレポート、やばい。助けて」

「そんなに？　微妙に片言になるくらい？」

「やばいぞ、やばいです」

困ったと強調するその間にも、灰色の女性は峰に寄り添っている。

「分かった。行こう桔梗君」

「助かる、助かる。ちょっと気を抜いたら分からなくなってさ」

会話しながら教室を出る。灰色の小さな女性は、煙のように揺らぎながら峰の後をついてくる。

——話してれば居心地悪くなるかと思ってたけど、全然違った。

内心どうするべきか迷っていると、峰が足を止めて、灰色の女性を見た。すぐに視線を外し、前を向いて歩きだす。

——あれ？　峰さん、今、見た？

並んで歩きながら、峰の顔をうかがう。少し血の気が引いているように見える。心なしか、いつもより距離が近い。

「大丈夫だよ」

安心させたくてうっかり出た言葉に、峰が「え？」と返す。

——経済政策の質問、一つだけだから大丈夫……って言えば取り繕えるかな。

しかし、嘘をつく気にはなれなかった。

「何食べようか？」

晴人はそのまま話題を変える。キャンパス内の広い道に出ると、緑の木々が湿った風に揺れていた。

「雨が来そうだから、温かいもの」

「うどん？」

「いや、麺類をズズッとすすってる時の顔、見られたくないんだよね」

「誰かとラーメン屋に行った時どうすんの」

「カウンター席なら、横並びでしょ。問題ない」

「なるほど」

たわいない会話をしながら、左手で宙を払う。桃色珊瑚に宿ったまま、さんごが「あっち行け！」と威嚇の声を発する。

「私、普通の日替わり定食にする。おかずが何でも、ご飯と味噌汁は確実に温かい」

峰は、さんごの声には気づいていないようだ。

「俺も同じにする。朝飯がゼリーだったから」

「そうだったねー。トンビに狙われてた」

学食の扉の前で、二人はどちらからともなく立ち止まる。出てくる学生を優先したためだ。

峰が斜め後ろを見る。灰色の女性が、うらやましい、とつぶやく。

「……峰さん。灰色の」

そこからどう続けていいか分からず、晴人は言葉を切った。泣いたらどうしようかと思ったのだ。

「うん。桔梗君。うん」

一番上まできっちりボタンを留めたブラウスの胸元を握りしめ、峰はうなずいた。

「小さな女の人？」

「うん。うん」

峰は、うなずきながら晴人と一緒に学食に入った。食器や調理具のぶつかる音、学生たちの会話、食材を炒める音が響き合う。

「ごめん。経済政策の質問、嘘。俺にも見えたから気になって」

「何かあるとは思ったよ。桔梗君、勉強で困ってるように見えないから。……すみません、日替わり定食をご飯少なめでお願いします」

晴人は峰の肝の太さに安堵した。灰色の女性が傍らにいても、何ごともない風に日替わり定食を注文している。

──峰さん、もっと動揺するかと思った。

以前も、峰は死者の魂に遭遇したことがあるのだろうか。

「桔梗君。私、どうしよう」

流れるように会計を済ませてテーブルに着いてから、峰は言った。

「やっぱり、この状況でご飯を食べられる気がしない」

──そうだよな。俺も、この人ちょっと手強(てごわ)いと思ってる。

何しろ、地蔵菩薩の真言を聞いても変化がなかった相手だ。

「学食の人たちが嫌がるパターンになっちゃった」

悲しみに満ちた表情から、晴人は峰の怯えと、食べ物を大切にしたい気持ちを読み取った。

峰の目の前で、日替わり定食が湯気を立てている。鶏(とり)の唐揚(からあ)げと温野菜、味噌汁、少なめに盛られた白米。

「任せろ、峰さん。俺が、全部は無理だけど七割食べる」

「七割？　行ける？」

「食後に全力疾走しなければ大丈夫だ。この前、大盛りオムライスの後にきつねうどんを食べて走ったら腹痛になってびびった」

「命、大事にしなよ」

肩をすくめた峰は、日替わり定食のトレイを静かに晴人の方へ押しだした。

「唐揚げ、二つ取って。後は自力で食べる」

「お。いいの？」

無理に食べなくてもいいんだぞ、という意味と、もう一つ。

「三つしかない唐揚げを、二つもくれるなんて」

「唐揚げくらい、後で好きなだけ食べるよ。子どもの頃にもこういうことがあって、家族が神社へ連れてってくれたら直ったんだから」

「へえ。ご家族も似た経験があったのかな」

「母方の家系がそんな感じ。いただきます」

手を合わせてから、峰は味噌汁の椀（わん）に口をつけた。

「染みわたる。お出汁（だし）が」

「いただきます。出汁は効くよな」

晴人も味噌汁から口に運んだ。そして峰の唐揚げを二つ、自分の皿に移す。

峰の肩のあたりで、灰色の小さな女性の顔が揺れている。うらやましい、という声は聞こえない。食事に強い執着はなさそうだ。

「俺のバイト先に、こういうことに詳しい人がいる。出汁のことじゃなくて」

「西陣のかんざし屋さんだね。そのブレスレットをくれた」

「峰さんに話したっけ？」

「ううん、日尾ちゃんたちから聞いた。桔梗君って、服は黒とか白とかベーシックなのに、ブレスレットは紫とピンクだから謎だよね、って話題になってた」

——よく見てるなぁ。

茜にもらった組紐ブレスレットはさほど目立つ太さではないし、長袖の時はすっぽり隠れてしまう。それでも、他人は見ているものらしい。

「これはバイトに雇われた記念だけじゃなく、お守りみたいな面もあって」

峰にはさんごが見えない様子なので、若干ぼかす。

「店長は頼れる人だから、かんざし屋に来てほしい」

「女の人だよね、店長さん」

「うん、茜さんって名前。危害を加えない人なのは保証する」

「……一緒に行ってくれるなら。すぐにでも」

「よし来た」

かんざし六花に電話をかけると、果たして茜が出た。

『はい、かんざし六花。……晴人君、少し騒がしいところにいるね？』

「学食に、同級生と二人でいます。茜さんの助けを借りたいんです」

『晴人君の手に負えない状況なんだね？』

間を置いて晴人は「はい」と答えた。茜に落胆されないか不安になったためだ。

「真言でも送れなかったんです。賀茂川べりで見かけた人で」

『意外だね。晴人君と最初に会った時、唱えていたあの真言でも……』

茜は落胆してはいない。ただ、何か考えているようだ。

「大学についてきたと思ったら、俺じゃなく同級生に寄ってきました」

『その同級生は、気づいてるのかい？　ついてきた人に』

「はい」

『分かった。そちらへ出張するよ』

「出張って言うと」

『馳せ参じてあげようってことさ。私は冥官だからね』

「こっちに来てくれるんですか？　お店は？」

『晴明様に任せるよ。ちょうど今、座敷で論文を読んでるから』

――上官に店番を命じちゃうのか、茜さん。上下関係どうなってるんだ。

『大学には守衛さんがいるんだっけね？　部外者は立ち入り禁止かい？』

「いえ、附属図書館を府民に開放しているくらいだから、大丈夫です」

『なるほど。もし用件を聞かれたら、バイト先の店主だと答えればいいね』

「ちょっと、同級生に確認します。……峰さん、さっき話した店長だけど、こっちに来てくれるって。いいかな？」

「桔梗君も一緒にいてくれるんだよね？」

「もちろん」

峰は人見知りではない方だが、事態が事態だけに物怖じしているようだ。

「困っている人に、きついこと言う人じゃないよ。狭い路地を走ると怒るけど」

「危ないから、見たら私も注意すると思う。それはそれとして、お願いします」

「うん。……茜さん、『お願いします』とのことです。峰さんって言います」

『ああ、聞こえたよ。可愛げのある子は好きだよ』

「はい、はい。大学の正門に着いたら連絡ください」

通話を切って峰のトレイを見ると、唐揚げはまだ残っているものの、白米や味噌汁はかなり減っていたので安心する。

「もう安心ですねえ。峰さんも、迷える灰色のあなたも」

さんごが言うと、灰色の女性は泣きそうな顔をした。テーブルの端に額を寄せて、
ごめんなさい、と言う。

消え入りそうな声だったが、確かに聞こえた。

「桔梗君。今『ごめんなさい』って」

箸を動かすのを止めて、峰がこちらを見た。うつむく灰色の女性を見て、また晴人
に視線を戻す。

「うん。本人も困ってるみたいだ」

その時、一人の女子が手を振りながら近づいてきた。胸元に虹色の光がきらめく。

日尾だった。

「仲良し？」

晴人と峰を見比べて言う。ちょっとした冷やかしのつもりだろう。

「見られちゃった。唐揚げ同好会だよ」

峰が明るく、互いの唐揚げを指さした。

「いやいや、俺が長々と質問してただけ。経済政策、ほんと厳しい」

別に仲良しではない、と言外に含ませて晴人は言った。特定の女子との仲を誤解さ
れると面倒くさそうだ。

「大変なんだー。じゃね」

　意外にあっさりと、日尾は戻っていく。他の女子たちと合流して出口へ向かうようだ。出る途中で晴人たちを見かけてこちらへ来たのだろう。

「あの娘さんは、あるじと峰さんの仲が気になるようですよ？」

　さんごの分析に（そんなこと言われてもなぁ）と思う。

「うらやましいでしょう」

　はっきりと声を発したのは、灰色の女性だった。峰を見上げて、問い詰めるような表情で。

「さっきの子を見て、うらやましいと思ったでしょう？　その気持ちに惹かれて、私はあなたについてきた」

　全身灰色だった女性の髪が、だんだん黒くなってくる。肌は赤みが差してくる。白っぽく見えたワンピースはエメラルドグリーンに変わった。

「知られたくなかったけど。桔梗君には」

　襟に手をかけ、峰は一番上のボタンを外した。白い胸元に光るのは、日尾のものとよく似たペンダントだった。ダイヤは小さいが、きらきらと輝いている。

「ああ、ジュエリーを見てうらやましいと思ったのね」

すっかり天然色になった小さな女性は、納得顔でうなずいている。

しかし晴人には分からない。

「待って。峰さんも持ってるのに、どうして『うらやましい』って話に？」

「よし、よく聞いた」

力強く言って、峰は唐揚げを口に運んだ。二口で食べきって、箸を置く。

「このダイヤは0．1カラット。彼女が着けていたのは0．2カラットです。一緒にいた子が言ってたでしょ？」

「あー、自分も0．2カラットにするとか何とか。ダイヤの直径が倍なんだな」

「はい、そこが初心者さんの間違えやすいところです」

インストラクターのごとく峰が言い、峰に寄り添った小さな女性も「そう」と調子を合わせる。

「カラットとは、長さや大きさの単位ではありません。重さの単位です。1カラットは0．2グラム」

「まじか。上から見た時の直径かと思ってた」

「重さの単位にしないと、カット方法の違うダイヤ同士をちゃんと比較できないでしょ。四角っぽいエメラルドカットやプリンセスカット、ハート形のカットもあるんだから。他にもラグビーボールみたいな形のマーキスカットや……」

「分かった、重さの単位なのは分かった」

両手を前に出して、晴人は峰の喋りを止めるジェスチャーをした。

「0．1カラットなら0．02グラムだな」

「そう。ダイヤが大きくなるほど希少性は高まるし、留めるための金やプラチナもより多く必要になるから、0．2カラットの一粒ダイヤペンダントは、0．1カラットの倍以上の値段になることもある。ダイヤのランクが同じならね」

「詳しいな、峰さん」

「これでも、ジュエリーブランドの販売員志望だから」

「もう将来を決めてるんだ。すごい」

「でもね、うらやましかったのはサイズや金額だけじゃなくて」

峰はお茶を一口飲んで、ブラウスのボタンを留めた。隠しちゃうのか、と晴人はもったいなく思う。

「あんな風に屈託なく、ダイヤモンドを着けて人前に出られること。そして、ご両親が入学祝いに買ってくれたこと」

ブラウスの上から胸元を押さえて、峰は続ける。

「土日にバイトして、一回生の夏休み前にダイヤのペンダントを買えて、すっごく誇らしかった。でも、0．2カラットを入学祝いでもらえて、しかも『ちょっと大きすぎ』って不満まで言えるあの子を、『うらやましいな』って思った」

告白を終えるまで、峰の声は小さく静かだった。しかし、気力を振りしぼって話しているのが晴人には伝わってきた。

「うーん、知られたくなかった」

峰は座ったまま、ぐったりと上体を斜めに傾けた。

「分かるわ。でも、あなたは頑張った」

小さな女性は、力づけるように言う。

「私が励ますのも変だけど。人の中には『うらやましい』と感じたら何の抑制もなく負の感情をぶつける人もいる。相手を睨みつけたり、罵声を浴びせたり、羨望の的であるはずの相手の持ち物にケチをつけたりする」

——どこかであったな、そういうの。イソップ童話の『酸っぱい葡萄』みたいな。

晴人は、いつかネットで見た風景を思い出した。容貌の美しさで身を立てる人々が容貌を貶められ、賛同者まで現れる。

「あなたは、日尾という子に負の感情をぶつけなかった。迷惑をかけておいて励ますのは、やっぱり変かもしれないけど。あなたの態度は美しかったと思う」

　峰が両手で顔を覆う。泣いているわけではないようだ。

「今日はもう、情報量が多すぎてわけが分からない……」

「うん。何と声をかけていいか……」

　晴人が次の言葉を探していた時、学食の出入り口付近でざわめきが起きた。歩く学生たちの群れが二つに割れて、すらりとした着物姿が歩いてくる。桜色のショール、真珠のかんざし。巾着の底に編み籠をつけた、舞妓が持つようなお座敷籠。

「茜さん」

　晴人は立ち上がった。峰も立ち上がる。小さな女性は「ふぁっ」と声を出す。何人かの男子学生が茜を振り返る。

　――どう見ても学生じゃない。

　外見は若いがそういう問題ではない。学生たちの中を進んでくる茜は、珊瑚と真珠で作られた工芸品が若木の林に混じっているように見えた。成長のさなかではない、完成された何かだ。

「電話を鳴らしたのに出ないから、学食まで来てしまったよ」

　周囲の視線を物ともせず、茜は晴人に微笑（ほほえ）みかけた。ポケットを探れば、不在着信がスマートフォンの画面に表示されていた。

「見えてしまうんだね」

端的に、茜は峰に話しかけた。峰がか細い声で「はい」と答える。

「分かったよ。表に出よう」

――茜さん、その台詞は決闘に来たみたいです。

口に出せばいつかのようにアイアンクローを食らいそうだ。

「ちょっと待ってください、トレイを返却してきます」

「私も」

「もう安心ですねえ、あるじ。後は頼みます。緊張していたら、眠くなって……」

左手首の組紐ブレスレットから、今にも眠りこみそうな声がする。

――お疲れ様、さんご。

晴人は寝かしつけるように組紐を指先で優しくたたき、返却口に向かった。同じく自分のトレイを持ってきた峰が「すごい美人だな」と小声で耳打ちした。

＊

キャンパスの西側に出ると、賀茂川が流れている。堤防を少しだけ北へ遡れば、八百メートル続く枝垂れ桜の名所・半木の道だ。しなやかな枝には、初夏の青々とした緑の葉が揺れている。

「この道はもともと、流れるに木と書いて流木の道と呼んだらしいよ。近くにある流木神社から来た名前でね。でも、洪水を嫌って半の字に替えたと伝わってる」

茜は手にしたお座敷籠を開けた。出てきたのは畳まれたレジャーシートだ。

「桔梗君、いい塩梅に敷いておくれ」

「はい」

「ちょい待ち、桔梗君」

レジャーシートを広げかけた晴人を、峰が腕で制した。

「私が小石をどけてあげよう」

そう言って、スニーカーを履いた足で小石を「えい、えい」と蹴り飛ばした。

「座る時にごつごつ当たったら痛いからね」

「おー、ありがと。峰さん、いつもの調子が戻ってきて良かったよ」

晴人も一緒になって足で小石をよけ、二人で協力してレジャーシートを敷く。

「茜さんを見た瞬間、思ったんだよ。『何とかしてくれそう』って」

「ありがとう。そちらの緑のワンピースのお嬢さんも、安心しておくれ」

茜は草履を脱いでレジャーシートに座ると、小さな女性を手招きした。

「私は、あなたが何者か分かってる」

「ほ、本当ですか！」

小さな女性は、糸で引っ張られたような勢いで茜の対面に座った。

「私の名前も、職業も？」

「それは教えてほしいね。私に分かるのは、世間で言う個人情報じゃなくて、あなたが善行を積んできた魂だということ。強い未練のせいで、あの世へ行けないこと」

「分かります、善行！」

しゅっと手を挙げながら、峰が小さな女性の隣に座る。

「ええと、名前……」

「あっ、緑子（みどりこ）です。緑の子で」

「さっき緑子さんは、言ってくれたんです。私は同級生の0.2カラットダイヤや、入学祝いで買ってもらったことに嫉妬したんだけど、それを表に出さずに負の感情をぶつけなかったのは『頑張った』って」

「うん、言ってた」

晴人は茜の隣に座った。小さな女性——緑子がはっきりと意思疎通できる相手だと確信した瞬間なので、印象的だった。

「だからね、いい人だと思ったんです。私の嫉妬の感情に引きつけられて寄ってきてしまって、まあ困ってはいるんですけど」

「ごめんなさい。でも、どうにもついて行きたくなって。落ち着く感じがするの」

「冬の日の暖房器具ですか私は」

「近いです。暑い日の木陰みたいな……」

「そう言われると爽やか」

峰と緑子が馴染(なじ)んできたのはいいが、これでは話が進まない。

「それで茜さん。どうやって緑子さんをお送りするんですか？」

「心残りが晴れるといいんだけどねえ。緑子さん、話してくれるかい？」

茜に促されて、緑子はワンピースの膝でこぶしを握った。

「恥ずかしいのだけれど……いえ、峰さんが自分の心持ちを話してくれたのだから、私も言わなくては」

「よろしくお願いします」

生真面目に峰が応じた。

「私は生きていた頃、仕事でとても忙しくて。休みを取ったら取ったで、夕方まで寝てしまうことも多くて」

「疲れが溜まっていたんだね」

茜が労るように緑子の肩に手を添える。

「はい。明るいうちに外に出て、景色をゆっくり眺めるのが一番の贅沢でした」

――つらい。それは、つらい。

晴人には想像もつかない生活だ。しかも緑子は、多忙なまま世を去ったようだ。

「休みたくても休めない時、広い世の中で自分の存在がとても小さく思えて。だからお人形みたいな小さい姿で、賀茂川に現れたんだと思います」

「賀茂川を散歩するのが好きだったのかい？」

「好きでもあり、嫌いでもあった気がします。犬と散歩してる人やカップルを見て、微笑ましいと思う反面『うらやましい』と思って」

――そういや、カップルを見て『うらやましい』と言ってた。

「でも、ここへ来たということは、私は賀茂川が好きだったんだと思います」

緑子がまぶしそうに賀茂川を見る。対岸にはソメイヨシノの葉桜が列をなし、川面には青空と白い雲が映っている。

「茜さん！　緑子さん、あちらで幸せになれますよね？」

峰が茜に詰め寄った。

「大丈夫だよ。詳しくは、かんざし業界の企業秘密」

――どんな業界ですか？

晴人は危うく突っこみかけた。

「二人とも、そろそろ午後の講義が始まるんじゃないか？　最初に晴人君から電話をもらって結構時間が経つよ」

茜の言う通り、昼休みの終わりが近づいている。峰が「あっ」と肩を揺らす。

「次、講義！」

「お行きよ、峰さん。私がちゃんと、緑子さんを送るから」

「は、はい……。緑子さんっ」

「はい？」

「私、ジュエリーブランドの販売員になりたいって、高校生の時から思ってました。でも向いてないと気づきました」

「えっ、なぜ」

「販売員は、いろいろな人にジュエリーを選んでもらって、試着もしてもらいます。

その時に、自分が買えるよりも高級な商品を選ぶお客さんに嫉妬してたら、楽しくない。私は、ジュエリーを売る立場になるには嫉妬心が強すぎるんです」

――面白い人だなぁ。

嫉妬心の強さを自覚して、そこから考えを発展させるところが晴人には面白い。

「気づかせてくれてありがとう。負の感情を出さなかったのを『頑張った』『美しい』って言ってくれて、ありがとう」

「あら、あら……。迷惑をかけたのに、感謝されるなんて」

緑子は小さな両手で宙を掻き、慌てる様子を見せた。

しかしすぐに姿勢を正し、「どういたしまして」と応えた。

「さあ、学校に戻って。勉強して、あなたの未来をまた選んで」

峰は立ち上がり、一礼した。堤防を駆け上がり、キャンパスへ戻っていく。

「可愛い子だね、晴人君」

「意味ありげに見るの、やめてくださいよ。そういうのじゃないですから」

「あの、晴人君は講義、いいんでしょうか？」

緑子が心配げに聞いた。

「いや、俺は」

「ないのかい、講義」

「ありますけど、成り行きが気になって」

正直に言うと、茜と緑子が揃って首を左右に振った。

「店主として指示するよ。講義にお行き。バイトより講義が大事」

「うん。学生さんはダッシュ、ダッシュ」

緑子は相変わらず小さいままだが、頬の赤みも瞳の光も美しかった。

「分かりましたよ、行きますよ。茜さん、本当に頼みましたよ！」

「任せなよ。緑子さんの心残りは私が晴らすからね。嫉妬も羨望も忘れさせるくらい休みを満喫してもらうよ」

「楽しみです。さ、行ってらっしゃい」

一人の冥官と、一人の迷える魂に見送られて、晴人はキャンパスへと走りだした。

折しも小雨が降りはじめて、頬にちりちりと冷たい感触が弾けた。

――茜さん、着物が濡れたら大変だ。

堤防から振り返る。傘を開いた茜が、緑子を片手で抱き上げる姿が見えた。

第八話・了

第九話 熟田津の女神

からくさ図書館の閲覧室から中庭に出ると、ツバメが二羽飛び交っていた。晴人の視界から消え、どこかで雛たちの鳴き声が湧き上がり、止んだと思えば煉瓦塀を越えて初夏の空へ戻っていく。親鳥なのだ。

——この間来た時は、ツバメの巣はなかったような。

晴人は、閲覧室に面した大きな窓の前を横切り、雛の声を頼りに巣を探した。赤煉瓦の外壁の高い位置に、土でできた巣がかけられている。すだれのように巣の周りを囲んでいるのは、目の粗い網だ。

——カラスから守ってあげてるのか。

故郷の京北町でも見た光景であった。夏の初め頃に育つ雛たちは、カラスにとって格好の餌だ。襲ってくる捕食者から雛を守るため、人間たちの編み出した対策が小鳥だけを通せるサッカーゴールのような網なのだった。

虫をくわえて戻ってきた親鳥が、晴人のすぐそばをかすめて巣に飛んでいく。翼をすぼめて網をすり抜ける技は大したものだ。さんごが起きていれば、拍手喝采しただろう。

「ちょっと失礼しますよ」

木の扉が開いて、閲覧室から図書館長が出てきた。年の頃は二十八歳くらいに見える。長身に黒いエプロン、縁なしの眼鏡、垂らした長い前髪。五月に訪れた時と同じ姿だ。ただ、腰につけた道具ホルダーにはごつい剪定ばさみがぶら下がっている。

「十一時の開館まで間がありますから、藤棚の手入れをしようと思いまして」

「すみません。待ち合わせに使ったりして、お邪魔ですよね」

「いやいや。茜さんが指定したんですから」

お気になさらず、という風情で篁は手を振り、藤棚に近づいていく。

「茜さんに頼られるのも、悪い気はしません。晴人君に冥官の仕事を理解してもらうには、この図書館も見せる方がいい、と思ったんでしょうね」

「はい。……でも何で茜さんは、中庭を指定したんでしょう」

「井戸から出てくるからですよ」

「え、まさか」

「本当ですとも」

どこまで本気なのかよく分からない顔で、篁は周囲を見回してみせる。

からくさ図書館の中庭は、庭木や草花が充実している。井戸のそばにはハート形の葉の双葉葵が茂り、白い蕾をつけた南天は若緑の葉が美しい。樹形からすると、夏に咲く百日紅やムクゲも茂っているようだ。

――茜さんは、優雅にドアから来そうだけど。

「やはり手入れ時です」

篁が藤棚から伸びた一本の蔓を手に取る。

五月初めに盛りだった紫の花房は消え失せて、薄緑の細長い蔓が宙にゆるやかな曲線を描いている。

「伸びすぎた蔓を切るんですか？」

「ええ。うちの藤は勢いがあるので蔓が伸びるのも早い。今やってしまいます」

不意に、かんざし六花の鳴子百合を思い出した。やけに長持ちしていた、あの生け花だ。

「切ってやらないと、栄養が取られてきれいな花が咲かないんですよね」

「それもありますが、蔓が伸びすぎると木の幹に日が当たらないわけです」

篁は中庭の隅にある物置から籠を出してくると、足下に置いた。剪定ばさみで蔓を切り取り、籠に放りこんでいく。

「篁さん、大変ですね。図書館長の仕事に、中庭の手入れに、冥官の仕事もあって」

「生身の人間だった頃よりは、ずいぶんましですよ。朝早くから朝廷に仕えて、夜は冥府で閻魔大王に仕えていたんですから」

「そうでした」

篁もまた、茜と同じく現世に生きる冥官なのだ。本来の名を小野(おのの)篁という。

平安時代初期の貴族であり、小倉百人一首(おぐらひゃくにんいっしゅ)に和歌が収録された歌人でもある。伝承によれば、六道珍皇寺(ろくどうちんのうじ)の井戸を通って夜な夜な冥府に通い、閻魔大王に仕えたという。

その小野篁は、五十歳過ぎで一度病死した後も千二百年の長きにわたって冥府とこの世を行き来している。現在の肩書きはこの私立図書館の館長であり、名も永見(ながみ)篁と変えている——というのが、晴人の現時点での認識であった。

「体力自慢だったので八十まで生きるかと思ってましたが、やはり生身の人間が冥府と現世で朝晩働いていると早死にしますね」

あくまでも爽やかに、篁は遠い昔を追憶する。

いつ寝ていたのかと晴人は恐ろしくなった。

「晴人君。これは忠告ですが、『冥官やるなら死んでから』ですよ」

「実感こもってますね」

「はっはっは。まあ、私はすぐにでも冥官やりたかったですから、悔いはないです」

カチャ、と扉が開く音がした。

栗色(くりいろ)の髪をなびかせて、クラシカルなワンピース姿の少女が姿を現す。篁の助手、時子だ。首は細く、エプロンの胸元はふんわりと丸い。

「篁。何の話をしていたのかしら？」

あどけなさの残る美貌が柔らかく笑む。

「私が昔から仕事熱心だったという話です」

時子は笑みを消し、スカートを翻して篁に近づく。華奢で小柄な時子が篁に向かっていく姿は、まるで広い胸板に飛びこむかのようだ。

ぶつかるぎりぎりまで篁に近づいた時子は、白い顎をぐいと上げて篁を睨んだ。

「死んでからの話なんて、生身の人には重いわよ。晴人さんには学業も茜の手伝いも跡継ぎの使命もあるんだから、負担をかけないで」

「確かに、若人にとって進路の話は重いですが。若いからこそ死後に思いを馳せる強さがある、とも言えますよ」

篁の柔和な笑みと、時子の猫を思わせる大きな目がぶつかり合う。

あわや喧嘩の勃発――と晴人は思ったが、時子は存外あっさりと引き下がった。篁から距離を取り、腕組みをする。

「そういう面も、あるかもしれないわ。わたしは老いたことがないから、思い至らなかったけど」

腕組みを解いて、時子は晴人を見る。

「晴明様の子孫だと思って、つい過保護にしてしまったわ。ごめんなさい」

「いえ、全然」

晴人は本心から言った。時子が十代後半の少女の姿をしているので、過保護に扱われた気がしない。

「過保護は私の専売特許ですよ。時子様限定ですが」

「廃業なさい」

冷たい表情で時子が言い、篁は嬉しそうに頬を緩める。

――時子さん、何者なんだろう。

上賀茂神社や下鴨神社と縁のある女性らしいのだが、そのあたりはどうも聞き出してはいけない空気を感じる。篁に至っては殺気すら発しそうだ。

時子は藤棚の下に入ると、四人がけのテーブル席の椅子を引いた。自分は座らずに、晴人に「どうぞ」と勧める。

「ありがとうございます」

「茜と女の人――緑子さんが来るのは九時半だったわね」

「はい。最後に朝の嵐山を観光してくるそうです」

タクシーか市バスに乗って、もうすぐ到着する頃だろう——と晴人は推測した。

「いい選択だわ。朝の渡月橋(とげつきょう)は観光客がいなくて、景色を満喫できるから」

「市バスも空(す)いてそうですよね」

「あら。市バスは使わないと思うわ」

時子が可笑(おか)しそうに言った。タクシーを使うという意味だろうか。

「蒸し暑いわね。飲み物はアイスティーでいいかしら？」

本来の用事を思い出した風に時子が言う。

「ありがとうございます。お願いします」

「林檎(りんご)の琥珀糖と、塩入りの琥珀糖もつけるわね。熱中症予防に」

それで藤棚の陰になる椅子を勧めてくれたのか、と晴人は得心する。

「色々すみません」

「いいのよ。茜をよろしくね」

まるで茜の姉みたいな口振りだ。

「そうだ、用事がもう一つあるの。篁」

「何でしょう？」

時子は井戸端に歩いていき、繁茂する双葉葵から二枚の葉を摘んだ。

「素手で剪定ばさみを使うものじゃないわ。園芸の本でも手袋をしていたでしょう」

細く白い手からハート形の葉がひらひらと落ちる。それを時子がエプロンで受け止めた――と思った直後、双葉葵の葉は一揃いの手袋に変わっていた。

「はい。持っていって」

エプロンの生地を両手で広げ、時子が手袋を差しだす。

「やあ、これはこれは。恐れ入ります」

怜悧そうな切れ長の目を細め、篁は幸せそうだ。

――篁さん、わざと手袋を忘れたんじゃないか。時子さんに構ってもらうために。

目の前の現象に驚くよりも、晴人はつい邪推してしまう。時子が井戸端の双葉葵を思い通りに変化させるのは以前目の当たりにしたし、篁が時子に抱くただならぬ思いも何となく察しているからだ。

「お茶の用意をしてくるわ。起きるかもしれないから、さんごちゃんの分もね」

時子が館内に戻っていく。背の高いチョコレート色の本棚の間を抜け、受付のデスクの横を通って事務室に入っていった。

「……篁さん。茜さんのことで、聞いてもいいですか」

「私に答えられる内容でしたら」

手袋を装着して、篁は再び剪定ばさみを手に取る。

「時子さんが双葉葵を変化させられるように、茜さんも、植物に関する特別な術を持っているんでしょうか」

「と言いますと？」

パチン、と音を立てて剪定ばさみが蔓を切り落とす。

「店の座敷に生けてあった鳴子百合……なかなか萎れなくて、きれいなままだったんです。茜さんに聞いたら、長持ちするように頼んだからだって」

「なるほど。からかわれてるのかと思いますよね」

「ですよね？」

「でも、嘘はついてないんですよ」

篁は落ちた蔓を籠に放りこんだ。

「植物に対して働きかけるだけじゃない。池の鯉にも及ぶ力。言葉の力です」

「池の鯉が……長生きしたんですか？」

篁は無言で首を左右に振る。ツバメの雛たちの声が妙に大きく響く。

「京都御苑（きょうとぎょえん）に、池があります。九条（くじょう）家の跡です」

京都御苑は名所だが、下宿からは遠く、晴人にとっては不案内な場所だ。

「ええと、昔の天皇の御所が京都御所。で、その周りにあった公家の住宅街も引っくるめて、京都御苑って呼ぶんでしたっけ」

「そうです。あれは昭和の頃でしたが、九条家跡の池で茜さんと待ち合わせをしましてね。冥官の仕事の打ち合わせで」

昭和ならば、自分の生まれる前だ。固唾を呑んで、晴人は話に耳を傾ける。

「茜さんが池の鯉を見て言ったんですよ。もう少し顔が長ければいいのにね、と」

今までの話を総合して、晴人は嫌な展開を予想した。

「まさか」

「そのまさかです。以来、九条家跡の池の鯉は微妙に長い顔になってしまいました」

「怖いじゃないですか……」

「鯉たちも、最近仲間の顔が変わってきたなぁ、とは思ったでしょうね。さらに怖いのは」

「まだ何かあるんですか」

「茜さんは、気に入った人間の顔を触る癖があります。初対面でも触られました」

晴人は記憶をたどった。ある。

茜と初めて出会った日だ。屋根の上にいる女性——故郷の京北町からついてきた桜の精を覚えているか聞かれた時、ぺたぺたと顔を触られて悲鳴を上げかけた。

「俺も、触られました。初対面で」

「困りましたね。二人して顔が長くなったら、反乱を起こしましょうか？」

「嫌ですよ、冥官の力で何とかしてくださいよ」

「要らぬ心配をおしでないよ」

篁の後方から——井戸のあたりから茜の声がした。

——どうしてそっちから？　閲覧室じゃなく？

おそるおそる、藤棚の下から出る。

井戸端に立っているのは、まさしく茜であった。

「あの時は、自分の力を調節できなかったんだよ。今は生け花の寿命を延ばすくらいに抑えてる」

「良かったぁ。じゃなくて、まさか本当に井戸から来たんですか？」

「ああ、篁から聞いてたんだね」

「ですね」

短く答えて、篁はまた蔓を切り落とす。

「篁さんから聞いてましたけど、着物姿で井戸を登ってくるとは思えなくて」

「登ったわけじゃないよ。緑子ちゃんもおいで」

茜が井戸に声をかける。黒い入道雲のようなものが湧き上がったかと思うと、中から体操座りした緑子が現れた。エメラルドグリーンのワンピースの膝には、一茎の白いホタルブクロが置かれている。文字通り蛍が入れそうな、長い釣り鐘形の花だ。

「お、お邪魔します」

緑子が花の茎を握ると、まるで童話に出てくる妖精のようだ。

黒い雲のようなものは緑子を乗せたまま井戸端へ伸び、そっと敷石の上へ下ろした。

「どうもありがとうね」

「ありがとうございます。晴明様にも、よろしくお伝えください」

茜と緑子が礼を言うと、黒い雲は大きくうねりながら井戸へ戻っていった。

「何ですか、今のは」

「晴明様の式神だよ。井戸への出入りを手伝ってくれるんだ。喋らないけど気のいい式神でね」

――顔のない、もくもくした式神……？　そんなのって、あるのか？

「私も、荷物が多い時は手伝ってもらっています。基本的にはボルダリングのように登りますが」

「篁。そんなだから時子に『脳みそが半分筋肉』だと言われるんだよ」

「はっはっは」

――時子さん、何てことを言うんだ。しかし篁さん、嬉しそうだな？

冥官たちの常識は、常人にとっての非常識――と、晴人は今さらながらに思い知る。

「あの、館長さん。こちら、お土産です」

「ありがとうございます。摘んできてくださったんですね」

「はい、朝の嵐山で」

緑子が差し出す一茎のホタルブクロを、篁はかがんで受け取った。咲いた花は二つで、生けるのに良さそうな姿だ。

「うちにはホタルブクロがないので、いっそうありがたいです。生けてきましょう」

剪定で使った籠を隅に置き、篁は嬉しそうに館内へ戻っていく。花を喜ぶ時子の顔でも想像しているのだろう。

「……心残り、晴れましたか？」

時子にしてもらったように、晴人は藤棚の下の椅子を引いた。茜が緑子を抱え、椅子に座らせる。

「ありがとうございます。一昨日（おととい）から今朝まで、茜さんが京都のあちこちへ連れていってくれて。ゆっくり景色を見ているうちに、生きている間にあった良いことも、自分がした良いことも、色々思い出しました」

「良かったです」

自分が地蔵菩薩の真言を唱えるだけではどうにもならなかったこの女性は、何者なのだろう。今さんごが起きてきたら、また「いけません」と言うのだろうか。

「そして、茜さんから聞いたんです。私は、生きている時に善行を積んで、天道という場所に生まれ変われるはずなのに、強い執着があってこの世にとどまっている魂なのだそうです」

「天道……。茜さん、あの世の一区画って認識でいいですか」

「そうだよ。天人たちが長く平和な暮らしを営む場所。生前に善行を積んだ者たちが行くところ」

茜も椅子に腰かける。真珠のかんざしが木漏れ日に淡く光った。

「善行を積んでいながら、強い執着のために天道へ行けずにいる魂を『道なし』と呼ぶ。道を失ったもの、という意味だよ」

「茜さんは、最初から分かっていたんですか。緑子さんが道なしだと」

「分かったよ。果実の焦げたような匂いがしたから。冥官にだけ分かる匂いだ」

「あの、茜さん……」

言いにくそうに緑子が口を開く。

「もう一回、確認しますけど。嫌な匂いじゃないんですよね？」

緑子は自分の手を鼻先に持っていきながら聞いた。それは気になるだろう。

「ああ、もちろん。例えるなら、桃やイチジクの甘煮を強火で炊いて焦がしちゃったような匂いだね」

「悪臭じゃないならいいですけど、もったいない匂いですね……」

緑子は泣き笑いの表情で言った。

「うん。もったいない。執着に片をつけて、新しい場所で安らいでほしいと思うよ」

「はい……」

感慨深げに緑子はからくさ図書館の庭を見ている。ツバメの親鳥がまた戻ってきて、雛が騒ぎだす。

「天道は、この庭に似ているでしょうか？」

「たぶんね。でも、もっと賑やかで華やかかもしれないね」

――茜さん、天道へ行ったことがあるわけじゃないのかな？

晴人は疑問に思った。いったいどういういきさつで冥官になったのだろう。

「晴人君。これが私や篁、時子の仕事だよ。善行を積みながらも、強い執着を持った魂をあちらへ送る仕事。井戸を通ってこの世とあの世を行き来する。小野篁の伝承と同じようにね」

自分が出てきた井戸を、茜は指さした。

「冥官たちの使う井戸は、京都の他の場所にも、冥府にもつながってる。勝手に入ってはいけないよ」

「はい……。よく、分かりました」

茜と自分との間に明確な一線が引かれたのを感じて、晴人は重々しい口調になる。すねているのかもしれない――と思った時、左手首を暖かな空気が取り巻いた。

藤棚の下を舞うのは、白い狐だ。耳としっぽの先、胸の前掛けは薄紅色をしている。

「おはようございます」

「さんご」

晴人は両手を出してさんごを受け止めた。

「あるじが、たくさんおしゃべりしている気配で起きました。あっ、あなた！　雰囲気が変わりましたね？　賀茂川の中州にいたでしょう？」

「は、はい。もしかしてその声は」

緑子は目をぱちぱちさせて、晴人に抱かれたさんごを見た。

「賀茂川で、あなたに『あっちへ行け』と叫んだ式神でございます。その節は失礼いたしました」

抱かれたままお辞儀をするさんごに、緑子も「いえいえ」とお辞儀を返す。

「私、この世に執着があったので。『ゆっくりした気持ちで過ごしたい』という……。仕事にせかされず、他の人をうらやむことなく……」

「なるほど、おつらかったことでしょう」

世の中を知り尽くしたような顔で、さんごはこくこくとうなずく。

「ところでね、緑子ちゃん」

茜が緑子の耳に顔を寄せた。

「この図書館の敷地内では、道なしも飲み食いができるんだよ」

「えっ」

緑子の声が明るい。木の扉が開いて、時子と篁がアイスティーを運んでくる。

「からくさ図書館が冥府に送った二人目の道なしはね、美味しい物に執着があったから、閲覧室でコックさんが作った料理を食べてあちらへ行ったそうだよ。コックさんは篁にこってり絞られたようだけど」

「閲覧室は火気厳禁ですからね」

篁が言い、時子が「懐かしいわね」と応じた。

――そりゃ閲覧室で料理は良くないけど。……コックさんかわいそうに。

篁は怒ると怖そうだ。どんな目に遭ったのか想像するだに恐ろしい。

「諦めてました。私、誰かと飲んだり食べたりするのは好きです」

誰かと、という言葉に、緑子の生前の在り方が表れている気がする。

晴人は運ばれてきた琥珀糖の小皿を、緑子の前に置いた。

「ありがとうございます。これは、何でしょう？　まるで水晶の欠片みたい」

「琥珀糖だそうです。林檎味と塩味の」

「琥珀糖とは何ですか、あるじ」

さんごが見上げてくる。椅子が足りないので、晴人の膝に乗ったままだ。

「砂糖と寒天でできた和菓子。表面のシャリシャリが特にうまい」

「シャリシャリ」

復唱したさんごが可笑しかったのか、時子が「そうよ、シャリシャリ」と笑う。

飲んで、笑って、食べて、アイスティーのグラスの中身が丸みを帯びた氷だけになった頃、緑子は茜に手を引かれて井戸に消えていった。

＊

愛媛県松山市と言えば、豊富な柑橘類や道後温泉が有名らしい。

夏目漱石の小説『坊っちゃん』の舞台であり、俳人正岡子規の生地なので、文豪を慕って訪れる人も多い。

松山城や大洲城、今治城も人気がある。

一般的な愛媛県のイメージは、だいたいそんなところだろう——と、松山柊家の長男である芳舟は思っている。

実のところ、観光地が注目されている方が仕事をしやすい。

自分たち松山柊家の重要な仕事場は、西の伊予灘だ。

北は、鎧武者の姿が現れる鹿島。

南は、古代の鎧武者と女たちの姿が現れる重信川の河口付近。

この二ヶ所で、松山柊家は土地の記憶たちを鎮めてきた。

形を取った土地の記憶を、「泡魂」と呼ぶ。

普通の人間にはたいてい見えないし、害があるわけでもない。それでも、生まれつき敏感だったり、たまたま波長が合ったりして、見てしまう人間もいる。

見てしまった本人も気の毒だが、周辺地域におかしな噂が広がる場合もある。古戦場で落ち武者の霊を見た、という伝説もそのたぐいである。

しかも、鹿島に建つ鹿島城と重信川河口に出没する泡魂は一人ではなく群れなので、見た者により大きな不安を与える。

鹿島城に現れる泡魂は、戦国時代を思わせる鎧武者の群れだ。

そして重信川の河口には、古代を思わせる素朴な兵装の武者と、飛鳥時代と思しき女官たちが泡魂として現れる。

いずれも悲愴な表情を浮かべていて、芳舟もあまり目を合わせられない。死者の魂ではないと分かっていてもだ。

「還暦も過ぎた男が、おかしいとお思いでしょうか」

芳舟は、血管の浮いた手の甲と、アナログ式の腕時計を見下ろした。時刻は午後四時だ。自分の先祖を名乗る青年と遭遇してから、およそ三時間になる。すっかり気を許しているのは、自分も幼い日から様々な存在を見てきたからか。

「いや。私の子孫であろうと、真言で身を守っていようとも、あまり見つめすぎるものではない。戦の記憶を宿す泡魂だ」

琥珀色の髪を海風に乱れさせながら、青年は——晴明は言う。グレーのスーツに身を包んだ姿は、一見するとまるで若い俳優のようだ。

「琵琶湖の風とは違うな。伊予灘の風は」

晴明の感想を、芳舟は意外に思った。事前に桔梗家の当主からもらった連絡では、晴明は千年の長きにわたって閻魔大王の冥官として働いているという。

だが、この日本の風土を知悉しているわけではないようだ。

「潮の匂いがして、乾いている」

「湿っておりますか。琵琶湖の風は」

「湿っていて、たまに藻のような匂いがする」

芳舟は笑って「そうですか」とうなずいた。世慣れぬ様子が面白い、と思う。もし自分に子や孫がいたらこんな風だろうか。

——待て、待て。この人は遠い先祖だ。

軽く咳払いをして、海風の吹いてくる方を見た。

青空に白い雲が並び、地上には水と砂地が広がる。遠くで千鳥が歩き、地元民が潮干狩りをしている。重信川の河口は、広大な干潟なのだ。

強い風が吹いて、萌黄色の細い布地が舞う。

領巾(ひれ)と呼ぶらしいその布は、黒髪を高く結った女性の肩にかかっている。

胸の下で結ばれた帯、スカートのように翻る裳(も)。古(いにしえ)の女官の姿がいくつも現れて、雲と干潟の間に浮かんでいる。女たちの隣に浮かぶのは、装飾の乏しい簡素な鎧と矛で武装した男たちだ。

「泡魂だな」

陰鬱だが恐れの交じらぬ声で晴明は言った。

「ええ。晴れた日によく現れます。船出のしやすい気候に」

「熟田津(にきたつ)の歌を思い出す」

晴明と同じく、芳舟も熟田津の歌を思った。歴史上では白村江(はくすきのえ)の戦いと呼ばれる戦に向けて、船出を促した歌。飛鳥時代の歌人、額田王(ぬかたのおおきみ)が詠んだ歌だ。


熟田津に舟乗りせむと月待てば潮もかなひぬ今は漕(こ)ぎ出(い)でな

伝承では、皇族である額田王がこの歌を詠み、女官たちが復唱することで軍勢全体にこの歌を伝え、士気を高めたという。皇族と歌姫たちによる軍歌だ。

千三百年以上経った今も、人々が思い、伝えた出来事は泡魂として残る。

晴明は潮干狩りをする地元民に目をやり「見えていないようだ」と確認した。

「見えなくて幸いです。海の向こうへ戦に出た者たちと、歌で送りだした女たちの姿なんぞ……」

言葉がつい途切れる。

女たちの中にひときわ華やかな髪飾りを着けた者がいる。美しい顔の両側を、緑色の耳飾りが彩っている。

「あのきらびやかな人が、額田王でしょうか」

「正しくは、額田王を見た者たちの記憶だな。おそらく、あまりに強く人々の記憶に残ったので泡魂となって残ってしまった」

「子どもの時分は、侍女を従えた海の女神様だと思ったもんです。歴史も伝承も知りませんでしたので」

思い出を語りながらも、芳舟は胸ポケットから呪符を取り出す。遠くから見れば、俳句でもひねっているように見えるだろうか。

呪符を人差し指と中指に挟み、海風に晒(さら)す。

そのまま、両手を合わせた。

「おんろけいじんばらきりく」

唱えるのは、十一面観音の真言だ。

泡魂を生むこの土地を鎮めるにはふさわしい。近くの寺院には秘仏の十一面観音があり、崇敬を集めている。

六度唱えると、泡魂たちの姿がまだらに薄れてきた。

女官たちの領巾も男たちの兵装も、ところどころが欠けたように見える。

しかし、緑色の耳飾りの女性はまだ明瞭な姿を保っている。

――しぶとい。

まるで除霊でもしている気分になる。額田王の魂そのものはすでにこの世にないのだから、除霊と呼ぶのはおかしいのだが。

「晴明さーん。柊さん」

少女の声が上流側から近づいてくる。

生成色（きなりいろ）のスカートに白いシャツの、いかにも夏らしい格好の若い女性だ。晴明が京都から連れてきた桃花（ももか）という十八歳の大学生で、なんと陰陽術の弟子なのだという。

「見回りご苦労、桃花」

甘さの一切ない声で、晴明が労（ねぎら）う。桃花の斜め後ろから飛んできたフクロウが、晴明の腕に止まった。一見普通のフクロウだが、くちばしが紅（あか）い。

「せいめいさま。あやかしなどの、異変はありません」

フクロウが報告した。晴明が「うむ」と応える。

「初花（はつはな）、海辺でも全然怖がらないね。びっくりしちゃった」

頰を紅潮させ、垂れ気味の目を丸くして桃花が言う。

「京都とはちがう鳥が暮らしているので、そこはどきどきしました」

胸を張った初花だが、薄れゆく泡魂を見ると「ほう！」と鳴いて飛び立った。

「ほう、ほう！　茜さまにそっくりな！」

円を描くようにして初花は頭上を飛び回る。

「ほら、緑の耳かざりのひと！　あのお顔は、まるで茜さま！」

——茜、とは？

その名について、芳舟の心当たりは一つしかない。

桔梗家の当主から聞いた話に出てきた名だ。

京都・西陣で「かんざし六花」を営む茜という女性は晴明の部下であり、式神を生み出す手助けをしてくれる、という話であった。

「こら、初花。勝手に泡魂に近づくんじゃありません」

桃花が叱ると、フクロウ——桃花の式神はパタパタと羽ばたいて戻ってきた。

「すみません。そっくりなので、つい」

「うん、似てる。でも茜さんの方が、優しい顔だよ」

戻ってきた初花を、桃花は胸に抱きしめた。

「柊さんのおうちに任された泡魂だからね。近づいたら越権行為」

「えっけんこうい」

「そして、たくさんいるから危ない」

「たくさんいるから、あぶない」

頑是ない子どものように、フクロウは桃花の口真似をする。芳舟は、はて、フクロウとはオウムと同じく人語を話す生物だったかな——と勘違いしそうになる。

「ねえ、初花。慣れない場所で飛んだから、次の目的地まで休んでいて」

桃花が後頭部を指さした。

横の髪を後ろで結い、朱漆塗りのかんざしを挿してある。丸く平たい飾り部分は、螺鈿(らでん)で結び桜の紋を象嵌(ぞうがん)しているようだ。

——あれが、あの子の式神の苗床か。またずいぶんと可愛らしい。

大人の男が持ってもおかしくない苗床があれば良いが、と芳舟は心配になる。

「やすむのはいいですが、おなかもすいております」

「起きてから、タルトをあげよう」

桃花のバッグから出てきたのは、個包装された地元名産の菓子だ。西洋菓子のタルトとは違い、小さなロールケーキに柚子風味のこしあんがくるまれている。

「おお、タルト。はんぶんこしましょう、あるじ」

「そんなこともあろうかと、菓子切りと懐紙も持ってきたよ」

「さすが、わがあるじ。結び桜のおんみょうじ」

――娘っ子なのに、二つ名まで持っておる。

驚く芳舟をよそに、桃花は指先でかんざしの飾り部分をつついた。初花が「またのちほど」と言い残し、かんざしの結び桜にするすると消えていく。

「騒がしくてすみません」

こちらを向いて、桃花が微笑む。

自分の恵まれた資質に露ほども気づいていない様子だ。

「式神はある程度、陰陽師の卵に似る。芳舟君の式神ならば落ち着いた性格だろう」

妙なことに、晴明は子孫である自分を「芳舟君」と呼ぶ。

「晴明様。先ほども申しましたが、この通り六十代ですので『芳舟君』はちょっと。呼び捨てで結構ですので」

「子孫を呼び捨てにすると、どうも尊大な感じがしていかん」

「晴明さん、わたしのことは『桃花ちゃん』でいいですよ」

口を挟んだ桃花を無視して、晴明は「騒がしくてすまん」と言った。桃花は拗ねるかと思いきや、目を三日月形にして笑っている。

——このご先祖、娘っ子に遊ばれておる。

不敬なので、芳舟は自分の感想を心に封じた。

「柊さん。お仕事の様子、見せてくださってありがとうございます」

おふざけの笑顔からよそ行きの顔になり、桃花が礼を言った。

「わたしは、単独でいる、しかもすぐ消える泡魂しか見たことがなかったんです。京都の両足院にいたお坊さんの姿をした泡魂とか、晴明神社にいた西陣織の職人さんの姿をした泡魂とか」

「おお、晴明神社が西陣にあるから……。なるほど」

「赤ちゃんの頃で、あまりはっきり思い出せないんですけども」

「そりゃすごい、そんな小さな頃に。若い有望な人の参考になったなら幸いです」

照れ隠しに目をそらせば、女たちも兵士たちもほとんど消えていた。緑色の領巾がかすかに見えたが、ひらりと一度動いたのを最後に空へ溶けた。

「晴明様。さっきの」

「『さん』だと助かる。子孫に『様』をつけられると居心地が良くない」

「では、晴明さん。さっきの式神の言葉は本当ですか。泡魂の女性と、茜さんが――かんざし屋の人が似ているというのは」

「似ている、と言えなくもない。茜の方が強いが」

「強い、とは」

陰陽師・安倍晴明よりも強いとは一体どのような女性なのか。天変地異を起こす鬼神を想像してしまう。

「まず、腕力が強い。水辺では特に強い」

――思ったのと違う答えが来た。

「それから、京都御苑の鯉の顔を微妙にすっきりさせてしまった」

――大丈夫かその人は。

「取って食われることはないから安心しなさい」

「はあ……」

何やら体よく誤魔化された気がする。しかしそれはそれとして、かんざし屋の茜がどういう女性なのか会って確かめたいとは思う。

「では、次の目的地までお願いできるだろうか。鹿島へ」

「よろしくお願いいたします」

ぴしっとした動作で桃花がお辞儀をする。昼過ぎに松山空港に降り立ったこの師弟は、芳舟の泡魂鎮めに同行したいと事前に申し出ていたのだった。

「じゃあ次は鹿島まで行きますがね。泊まるところは大丈夫ですか？」

「日帰りだ。問題ない」

「ええっ、せっかくおいでになられたのに！」

「ええ、飛行機でとんぼ返りです！」

桃花が悔しそうに言った。

「せっかく遠くまで来たのに！　坊っちゃん列車に乗ってスケッチしたかったです」

そう言えば、京都市立芸大の一回生だと言っていた。

「桃花は隣の家の娘でな。泊まりがけで連れ回すわけにはいかん」

「現代の良識にはフィットしてると思います」

「泊まりがけの旅行は、同年代の友人たちとしなさい。私は桃花を無事にご両親のもとへ送り届けねばならん」

――ご先祖が、ご近所の好青年になっておる……？

大いに困惑しながら、芳舟は車のキーを取り出した。駐車場に向かいかけた時、潮干狩りをしていた地元民がこちらに手を振った。

「ヨッさーん！　今日は釣りじゃないのか？」

河川の管理事務をしていた頃の知人であった。今はお互い隠居暮らしだ。

「遠くからお客さんが来てなあ！　海を案内してるよ！」

「はぁー、そりゃーよう来た！　奥さんによろしくなぁ」

手を振り合って別れる。

松山柊家が安倍晴明の傍流の子孫であることは、あまり知られていない。多くの地元民にとって、自分は「河川管理事務所に勤めてた、地元情報にやたら詳しいヨッさん」なのだった。

＊

下宿に帰ってくるなり床に寝転がって、晴人は盛大な溜め息をついた。

郵便受けに入っていた祖父からの手紙が、少しばかり重い内容だったのだ。

「うあー……」

「何が書いてあったのですか、あるじ？」

さんごが左手首から出てきて、慰めるように鼻先で頭をつついてきた。

「読もうか。て言うか、聞いてよ」

起き上がって座卓に手紙を置くと、晴人はゆっくりと祖父からの便りを読み上げはじめた。

晴人へ
いつもご苦労。

大事な話なのでビデオ通話や電話ではなく手紙で伝える。

今度京都に来る松山柊家は、重要な仕事を担っている。伊予灘沿岸での泡魂鎮めだ。

伊予灘沿岸を霊的に鎮めるのは、日本列島の霊的な守りを固めることでもある。

遡れば安土桃山時代、豊臣秀吉の朝鮮出兵だ。学校で文禄・慶長の役だとか、壬辰・丁酉の倭乱といった名前で習っただろうか。

出兵の際に西日本の大名が大きな役割を担ったが、その一つが松山市の鹿島に城を建てた来島氏だ。当主の来島通総は、船で朝鮮半島に渡ったものの、帰ることなく戦死した。当然家臣も。主や多くの働き手を失った鹿島の荒れようは想像できると思う。

海外出兵と犠牲の記憶は、一種の傷となって土地に残っている。

南に下れば重信川の河口だ。元の名は伊予川（いよがわ）というらしい。豊臣秀吉の家臣が、自分の配下の足立重信（あだちしげのぶ）に治水を命じた暴れ川だが詳細は今は置く。

重信川の河口付近は、万葉集に詠（うた）われる熟田津であった。いにしえの歌人額田王が天皇の命により歌を詠み、兵士たちを鼓舞したという場所だ。この戦いは、学校では白村江の戦いという名称で習っただろうか。唐（とう）と戦う朝鮮半島の百済（くだら）に、大和（やまと）朝廷が加勢した。加勢したと書けば威勢が良さそうだが、結果は大敗であったらしい。

細かい歴史的な経緯を語ればきりがない。要は、伊予灘沿岸は国外へ兵たちを送り出し、失った土地だ。

土地が背負った悲しみは泡魂となって現れ、土地の気を乱す。そして泡魂は見た者の心を不安にさせる。

泡魂の出る日を占いによって予測し、鎮めてきたのが松山柊家だ。晴明さんは芳舟さんを選んだ。わしも賛成だ。

違う年代で戸惑うかもしれんが、決して失礼のないように。

祖父より

座って手紙を読み上げた晴人は「ううーん」と言いながら再び床に転がった。ただし手紙はきちんと座卓に置いた。

「なんて重い仕事をしてるんだ、松山柊家」

さんごは「ええ、ええ」と相槌を打つ。

「人は死ぬものですが、戦と聞くとぞっとしますね」

「何でだろうな。集団同士の殺意に個人が巻きこまれるわけで……。戦場になった土地もめちゃくちゃになるわけで」

「ええ、ええ。兵士が残していった家族も、苦しんだことでしょう」

「力の強い大人の男が家からいなくなるから……」

法治国家でも福祉国家でもない場所でそれが何を意味するか想像して、晴人は胸が悪くなる。歴史でも学んだし、歴史を舞台にした作品でも見た。

「勝った国も負けた国も、人と土地がめちゃくちゃになる」

言葉にすると軽すぎるが、一つ一つを想像し、復興への途(みち)を思うと気が遠くなる。

そもそも「復興」など叶うのか。

「俺さあ、こういう重い仕事を何十年もしている人に、無神経なことを言ってしまわないかな」

「普通に接していれば大丈夫という気もしますよ？」

「事務的な話ならそうだけど。ほら、式神を生み出す手伝いってさ、心の敏感な部分に触れるようなとこがあるじゃないか」

さんごは「あっ」と声を上げた。

「あるじは、恐れているんですね。芳舟さんの心の奥に触れる際、意図せず傷つけはしないかと」

「うん……。生まれたてなのに、重い話をしてごめんな。さんご」

「何をおっしゃいますやら」

倒れこんでいる晴人の手の甲に、さんごは肉球をちょいと載せる。

「わたしは、あるじの式神ですからね。おそばで心配事をお聞きするくらい朝飯前。今は夕方ですけれど」

無意識のうちに飯という言葉に反応したのか、晴人の腹が小さく鳴った。

「あるじの腹は偉いです。生きようとしていますから」

「ベーシックなところから褒めてくれるんだなぁ」

「食べましょう、夕ご飯を」

恐れているのが阿呆（あほ）らしくなって、晴人は起き上がった。冷蔵庫に冷やご飯と肉があるのを思い出して、チャーハンでも作るか、と思う。

「食べ物って言えばさ」

冷蔵庫の中を点検しつつ、ふと思い出す。

「茜さん、晴明さんから『松山柊家か土佐桔梗家から次を選びなさい』って言われてたみたいだけど、自分で決めなかったたな」

「あるじに任せたんですよねえ」

「松山の柑橘類なんか好きそうなのにな。伊予柑、せとか、色々」

「柑橘類がどうかしたか、ハル坊！」

窓の外から、元気な声が聞こえた。

さんごによく似た白い狐が、狭い窓枠に座っている。耳としっぽの先、胸の前掛けは露草色だ。

観世稲荷の神使にして自称晴人のお目付役、水月であった。

＊

「ほうほう。遠く伊予灘から陰陽師の卵が来ると」

ティースプーンでちまちまとチャーハンを頬張りながら、水月は言った。

「茜どのは、果物が好きだと言うておられたことがある。柑橘類もお好きだろうよ」

「そっか。西陣の和菓子屋さんに、大きな夏蜜柑の中身を丸ごとゼリーにしたお菓子があってさ。茜さんと一緒に食べようかと思ってたんだ」

さんごがチャーハンを食べる手を止め「おいしそうです」とつぶやく。

「夏限定だから、夏になったらな。さんご」

しかしまだ引っかかる。

茜は四国のガイドブックを読みながらも、気乗りがしない様子を見せていた。

──何なんだろうな。

レンゲでチャーハンをすくいつつ考える。

四国に悲しい思い出でもあるのなら、つついてはいけないな、と思う。同時に、もし茜が話してくれるのなら黙って聞こう、とも思う。

＊

北野天満宮まで迎えに来てくれた桔梗家の跡取りは、晴明には似ていなかった。

目鼻立ちが端整、という意味では同類だが、晴人は目も髪も黒い。黒目の勝ったぱっちりとした目は、芳舟に「今どきの若者」という印象を抱かせた。

「芳舟さん、何かご希望の和小物はありますか?」

かんざし六花へと路地を歩きながら、晴人は聞いてきた。言い回しがよく教育された店員のようで、これで十九歳か、と芳舟は感心する。

「むさ苦しい考えですが、和小物は女性向けのお洒落というイメージがあります。妻に櫛か扇子でも、とは思いますが自分用にはなかなか」

「分かります」

晴人は左手首を掲げてみせた。桃色珊瑚に紫の組紐を通したブレスレットだ。

「大学で、女子に言われました。服は白と黒なのにアクセサリーは紫とピンクって」

——女の子に人気があるのだな。

「男が和小物やピンクを着けてたら目立つんだなって、思いました」

——いやいや、君だから注目されていたんだろう。

桃花は自分の資質に無自覚だったが、晴人は自分の見目の良さに自覚がなさそうだ。

——まあ、いつか気づくだろう。

「晴人君は、六十代の男性向けの和小物は何だと思いますかな」

「男性向けの扇はどうでしょう。土佐桔梗家の七海さんは、女性向けの扇を選びましたよ。波に千鳥の」

「伊予灘にも千鳥がいるが……。お揃いでは変ですな」

「じゃあ別の絵柄で、奥さんとお揃いでどうですか？」

道が狭くなり、遠くにはためく暖簾が見えた。町家の一階を改装して、小さなショーウィンドーが設(しつら)えてある。

「あちらです。急いで走っていくと怒られるので、ゆっくり行きましょう」

「そりゃ、急ぐつもりはないが」

「良かった。俺、最初の頃は肩にアイアンクローを食らったんですよ。狭い路地を走ると近所迷惑だって」

――どういう女性だ。

怪力を持つ、池の鯉の顔を変えた、近所迷惑な行為にはプロレス技を繰り出す、そして熱田津の泡魂に似ているという晴明の部下。少なくとも、逆らったらまずい相手なのは確かだ。

「茜さーん。芳舟さんお迎えしました」

暖簾をくぐって、晴人が引き戸を開ける。

「はい、いらっしゃい」

艶やかな女性の声がする。

晴人に続いて店内に足を踏み入れた芳舟は、ショルダーバッグを取り落とした。

熱田津のあの女性が立っていた。

緑の耳飾りこそないものの、豪華なかんざしを挿しているのは同じだ。鳥の子色の着物に、桜色のショールをかけている。

幼い頃から見てきた泡魂の、最も華やかで美しい部分が目の前に立っていた。

「……どうか、されましたか？」

晴人がショルダーバッグを拾って声をかけてくれるまで、芳舟は直立不動で茫然と口を開けていた。

＊

手土産のタルトは紙袋に入れて反対側の手に持っていたので、無事だった。

今は清水焼の小皿に取り分けられて、芳舟の目の前にある。

「なるほどねえ。泡魂の群れに、私によく似たのが混じっていたわけだね」

「いやしかし、晴明さんのお弟子——桃花さんの話では、茜さんの方が優しいお顔だと。今思えば、わしもそう感じます」

汗顔の至りであった。

まさか、初対面の女性の前で荷物を取り落として固まるとは。

「他人の空似かもしれないね。冥官の中には、現代の女優そっくりな人もいるから」

茜が言うと晴人が目を輝かせた。

「誰？　誰ですか？　どの女優さん？」

「落ち着きなよ」

細い指をひらめかせて、茜は晴人のこめかみを軽くつついた。なるほど、この素早さで繰り出されるアイアンクローは避けづらいだろう。

「いくら晴明様の子孫でも、冥官の情報は開けっぴろげにはできないよ。女優さんの名も冥官の名も秘密」

「『とある』、ですね。茜さま」

晴人の式神が言った。白い狐だが、耳としっぽの先、胸の前掛けが桃色だ。

桃花が連れていた初花はくちばしの紅いフクロウだったので、式神は小動物の姿が多いのかもしれない。

「似ていると言えば、そちらの水月さんと、さんごさんも」

　純粋な興味から、芳舟は水月とさんごを見比べた。

　観世稲荷の使いで晴人のお目付役だという水月は、さんごに似ている。桃色の部分が露草色に変わっただけ、とも見えるほどだ。

「われがさんごに似ているのではないぞ。さんごがわれに似たのだ」

　黒漆塗りの菓子切りでタルトを一口大に切りながら、水月は言う。

「われと晴人が出会って間もない頃、さんごが生まれたのでな。影響を受けたのだ」

「そうでしたか。するとわしは」

　呪符をしまっている胸元に手を当てる。

「……十一面観音様に似た式神が生まれるのでしょうか」

「んっふふ。どのお顔を見て話せばいいんだろうね」

　茜が楽しそうに笑った。

「ああ、ごめんよ。顔が十一個ある式神を想像してしまったよ」

　袖で口元を隠して、まだ茜は笑っている。やはり桃花が言うように、泡魂のあの女性とは雰囲気が違う。

「式神の話ですが、わしの希望をお話ししてもよろしいでしょうか」

「何なりと。この店で対応できることならば」

茜が真剣な顔になる。晴人は、緊張気味に「はい」と返事をした。

「わしは、心のない式神が欲しいのです」

「心のない式神ね。どうしても式神は主の影響を受けるから、あなたが願えば生まれる可能性はあるよ」

茜の表情は変わらないが、晴人は不思議そうな顔だ。

「どうしてなのか、聞いてもいいですか」

「若い人には縁遠い話ですが」

――ああ、嫌な言い方をした。

後悔したが、出した言葉は引っこめられない。芳舟はそのまま話を続ける。

「わしは六十四歳です。残りの寿命はさほど長くない」

晴人が、苦しそうに視線を下げる。この子の祖母は――桔梗家当主の妻は亡くなったのだ、と今頃思い出した。

「桃花さんと初花さん、そして晴人君とさんごさん。仲睦まじい様子を見て、決めました。わしは、自分の式神に、おのが命の短さを実感させたくない」

こんな話をしてすまない、と晴人に内心で詫びつつ言葉を継ぐ。

「式神とは、自分の主が死ねば命を終えるのではありませんか？」

晴人が無言のまま、さんごの背をなでた。さんごもまた無言でしっぽを振る。

「若い人の式神ならば、五十年六十年と生きるかもしれない。しかし、わしの式神はどう考えても寿命が短い。泡魂鎮めを手伝ってもらえれば嬉しいが、死期が近いと分かるほどの知能を持たせてはかわいそうだ」

言い終えて、茜の淹れてくれた煎茶を飲んだ。甘みがかえって悲しみを呼び起こすのはなぜだろう。

「ずけずけと申しました。お許しいただきたい」

誰も芳舟を怒らない。いや、若い晴人にしてみれば怒りづらいのか。

「心のない式神……。難しい」

腕組みをして、晴人は目をつぶっている。

「野鳥の、シジュウカラなんですけど。スズメと同じくらいの、小っちゃい鳥」

瞑目したまま晴人が言った。唐突である。

「シジュウカラって、会話するらしいんですよ。比喩じゃなくて本当に」

瞼を開けた晴人は、真剣な表情だった。

「最近、実験で証明されたらしいんです。ちゃんと文法を使って会話してるって」

「どうやって知るのだね、それは」

ついつい興味が出てきて、芳舟は前のめりになる。

「鳴き声のパターンを分析したら、人間の言語で言う単語の働きをしていたらしいです。しかも人間の言語で言うと文法……単語の並べ方の規則もあるって。俺も他の学部の友だちに聞いたんですけど」

晴人が「ちょっと確かめます」とタブレット端末を出した。

「あ、いやいや、疑ったわけではないです。シジュウカラが鳴き声とその並べ方で会話している、それで？」

芳舟は話の流れを元に戻すよう促した。

「シジュウカラは手で握りこめそうなくらい小さいですよね。それに、平均寿命は一年半くらいだって友だちが言っていました。そんな小さくて短い命でも、会話して仲間に危険を知らせたり、縄張りを主張する……ってことは、心があるわけで」

自分の考えをまとめたいのか、晴人はいったん黙って黒髪をかき回した。

「……だから芳舟さん、心のない式神を生み出そうとしたら、相当小っちゃい式神でないと。蜂とか蝶とか」

――そこまで真面目に考えてくれたのか。

自分は晴人につらい話をしたつもりだったが、見くびりだったかもしれない。

「わしが縁起でもない話をするから、落ちこませたと思ったのですが」

「えっ、でも、俺は」

晴人とさんごが見つめ合う。晴人がさんごの背に手を添えてこちらを見た。

「俺はもう、さんごと話をしましたから。人の命には終わりがあるって」

「熟田津や鹿島を出て戦をしたひとたちについて、話をしたのです」

さんごと晴人との信頼関係を、芳舟は見た気がした。

「うん。……お見それしました」

芳舟は頭をかいた。若者と話すのは、妙に気恥ずかしい。

「わが式神が少しでも幸せになれるよう、心を配りましょう。短い命でも『松山柊家に来て良かった』と思ってもらえるように」

退職した時、妻から猫を飼おうかと相談されたのを思い出した。

猫は二十年以上生きる場合もあるのだからやめておこう、という結論になったのだが、今も後悔はしていない。置いていかれる猫が気の毒だからだ。

——道連れにするが、許せよ。

まだ生まれてもいない自分の式神に、芳舟は謝罪した。

「芳舟さん。奥さんとお揃いで持てそうな扇、探しましょう」

晴人が立ち上がり、売り場へといざなった。

六月という季節柄か、広げた扇がいくつも陳列されている。

白地に青い波と千鳥を配した扇を見て、これが土佐桔梗家の選んだ品かと得心する。

「趣味がいいですな。七海さんの選んだ扇は」

「へへっ」

訓練された店員ではなく、世慣れぬ若者の顔で晴人が笑う。嬉しかったらしい。

「奥さんの好きな色や柄ってありますか？　この中で」

陳列された扇を眺める。

妻が好きなのは、地上に咲く花だ。桜よりも菊や桔梗が身近に感じられて良いのだと、何度か聞いた覚えがある。

しかし、芳舟が目を留めたのは別の意匠であった。

薄桃色の地に、猫が寝そべっている意匠だ。周りにはお手玉が配置されているので、遊び疲れて眠りに落ちたのだと推測された。

——猫に似た式神が出たら、妻は喜ぶだろうか。

賭けてみるのも悪くない。

「妻と揃いで購入したい。この猫の扇、男性用もありますか」

「はい、ございます！」

また店員の態度に戻った。だが、和小物屋というよりハンバーガーショップの元気な店員といった風情である。

手渡されたのは、黒い地に寝そべる猫とお手玉が配置された扇だった。女性物よりもやや大きい。

「こちらの扇を苗床に、わが式神を。名は……」

式神の名は自分でつけて良いらしい。苗床を選び、名を選ぶのが始まりなのだ。

「名は、宝の玉と書いて宝玉（ほうぎょく）。短い命でも、大切にしましょう」

「宝玉。宝玉ですね」

確かめるように晴人が繰り返す。茜が帳場に出てきて、芳舟をまっすぐに見た。

「宝玉。良い名前だね」

幼い頃から見てきた顔に褒められた。

扇を持つ手が温かくなる。扇から、にゃあ、と猫の鳴き声がした。

第九話・了

第十話 土佐中村の大文字

緑の庭園に流れる小川を視線でさかのぼっていくと、如意ヶ嶽（にょいがたけ）の大文字がある。送り火の大の字を描いたあの山にまで庭園が続いている――そんな錯覚を起こすほど、無鄰菴（むりんあん）の二階からの眺めは見事だ。借景といって、遠くの景色を庭の眺めに取りこんでいるらしい。

――俺、京都の街中に出てきて良かった。

晴人はしみじみと実感した。

庭園に建てられた日本家屋で聞く蝉（せみ）の声は快い。

窓から見下ろせば、青紅葉（あおもみじ）の梢（こずえ）が揺れ、鴨の夫婦が芝生を歩いている。庭石のそばにたたずんでいるのは、子どもほどの背丈があるアオサギだ。庭園を散策する一般入場者に驚かれても動じない。小川の支流を泳ぐ小魚を狙っているようだ。

――今度は一人で来たい。親族会議じゃなくて。

右腕には今、青い小鳥がしがみついている。五月に土佐桔梗家の七海が生み出した式神、夏嵐だ。ピピ、ピピと鳴く様子が可愛いが、いつ遠くへ飛んでいってしまうか気が気でない。

だから晴人は、時々右腕を顧みて小鳥をなでてやっている。ここにいるんだぞ、と言い聞かせるように。

「気に入られたねえ、晴人君」

七海が、距離感をはかるような足取りで隣に来た。真珠のイヤリングを着け、ワンピースに長めのペンダントを合わせている。真珠に小さなダイヤを添えたペンダントトップは、晴人にも高級品だと分かる。

「夏嵐、何で俺にくっついてるんでしょう？」

「生まれた時に会った人が懐かしいみたい」

「仲良くしておきなさい、晴人」

後ろから声をかけてきたのは、祖父の智晴（ともはる）だ。桔梗家の当主であり、今日ここに集まる傍流三家の長でもある。

「危急の際には一族の誰かの式神を使うこともあるやもしれん。これも練習だ」

「分かってるよ」

「親族会議が始まったら『分かりました』だな。一応格式というものがある」

こういう時の祖父の威圧感が苦手だ、と思いつつ晴人は「はい」と答える。

「格式って言えば七海さん、今日はフォーマルっぽいですね。真珠とダイヤで」

「嬉しい！　気づいてもらえて」

「同級生にジュエリー好きがいるので何となく」

ジュエリー好きの同級生こと峰には、今日の親族会議のことは伝えていない。自分が安倍晴明の傍流の子孫だと話すつもりはないし、そもそも大学は夏休みだ。

「久しぶりだなあ、晴人君！　さんごは元気か？」

祖父の甥(おい)であり、桔梗家から南天家に婿入りした昌和が来た。また肩のあたりが逞(たくま)しくなっている。

「元気ですよ。今は寝てます」

左手首の組紐ブレスレットを示す。桃色珊瑚から安らかな寝息が響いた。

「さんごのは、大物になりそうだ。見習いたい」

昌和の頭上から手のひらへ、丸っこい、どんぐりまなこの白い牛が落ちてきた。

昌和の式神、楽土(らくど)だ。

形は東北の郷土玩具・赤べこに影響を受け、白が主体のカラーリングは昌和の息子が愛好するおもちゃの救急車を真似ている。言わば「白べこ」である。

「初めての親族会議ゆえ、武者震いが止まらぬ」

楽土は首を揺らしてみせた。緊張しているのだと晴人には分かる。今日は、主の昌和が親族の前で大事な話をする日だ。

「あっ、芳舟さん。お久しぶりです」

七海が座敷の入り口へ歩いていく。スーツを着た芳舟が、灰色の猫を抱えて「やあ」と笑顔を見せた。猫の目は宝玉の名にふさわしい緑色だ。

「七海さん、この間はどうもありがとう。パソコンが重くて手間をかけました」

「大丈夫、ちゃんと聞こえましたから！　宝玉ちゃん、初めまして」

芳舟と七海は、どうやらパソコン通話でやり取りをしたようだ。芳舟の式神である宝玉を挟むような格好で、京都の見どころについて情報交換をしている。

「おいで、夏嵐。芳舟さんと宝玉ちゃんにご挨拶するよ」

七海が扇を開いて、夏嵐を招いた。

ピピ、と返事をして、青い小鳥は晴人の右腕から自分の苗床たる扇へ飛んでいく。

「こんにちはー。京都、暑いですねー」

ショートカットの小柄な女性が、脱いだジャケットを小脇に抱えて入ってきた。隣で二足歩行するのは大きな金色の兎だ。会津柊家の那月と、式神の穂波であった。

「那月さん。穂波」

晴人が近づいていくと、那月は手を振り、穂波は前足を上げた。肉球がないあたりやはり兎である。

「総領どの、お久しぶりでございます」

金色の長い耳を揺らしながら、穂波は深々とお辞儀する。

「再会したばかりでお願いを申し上げますが」

「うん、どうしたの？」

総領どのという古風な呼び方に戸惑いつつ晴人は耳を傾ける。

「庭園におりますアオサギですが、私が打ち倒してもよろしいですか？」

「いや駄目でしょう。動物愛護の観点から言っても」

動揺のあまり、途中から大学の教科書のような言い回しになった。

「アオサギがいったいどんな悪さをしたんだよ？」

かがんで穂波と目を合わせ、尋ねてみる。

「あの鳥は、小川の魚を長いくちばしでつつき、食っておりました。害です」

「おお。害鳥は許せぬ」

楽土が、昌和の手のひらで怒気を発した。

「京北町の畑を守る者として、穂波どのに加勢したい」

「めっ。待ちなさい、楽土」

子を叱る口調で昌和が止めた。

「この無鄰菴は、漁場のように魚を捕ったり、水族館のように魚を見せたりする場所ではないんだよ。明治時代の山縣有朋という偉い人が遺した庭園と屋敷を、一般市民に開放している場所だ」

「博物館のようなものだな、昌和」

「魚をアオサギが捕っていくのも自然の景観のうち、と職員の人たちは考えているかもしれない。勝手にアオサギと戦ってはいけないよ」

「私も昌和さんの言う通りだと思うよ。穂波」

那月に耳をつつかれて、穂波は「むうう」とうなった。

「害鳥と思うたゆえ、心が逸ってしまいました。失礼いたしました、総領どの」

「いいんだよ。しかし武闘派に育ったんだな、穂波」

那月が、ぎくり、と肩を揺らす。

「誰に似たのかしら。ははは……」

——那月さんは落ち着いた性格だから、違う。あの殴りこみ家出少女か。

赤茶色の髪とレモンイエローのパーカーが脳裏に浮かぶ。

那月の姪にあたる、星乃という少女だ。

保護者が京都での親族会議に自分を参加させないのに憤慨し、福島県の会津若松市から京北町目指して飛び出してきた、という隕石のような十七歳だった。

親族とは傍流三家のことで、しかも那月の姪だと知ったのは星乃が保護者に連れられて家に戻った後であった。

「那月さん、ひょっとして穂波を星乃さんに会わせました？」

「当たり。星乃ちゃんと、木ぼっこに」

　木ぼっことは、星乃が幼い頃から親しんでいるこけしのあやかしだ。山に詳しく、地元の土湯温泉を愛し、そして手足を生やすことができる。

「あの子も傍流三家の一員だし、木ぼっこはあの子の友だちだから。親睦を深めようと思って、うちの兄も一緒に山へハイキングに……」

　金色の大きな兎と手足の生えたこけし、活発すぎる少女一人、大人二人。

　三対二で保護者役の方が少ないな、と思う。

「分かりました。それで穂波が武闘派になったと」

「木ぼっことの崖登り競争や、星乃との駆けっこで、目覚めたみたい。穂波の内なる闘争心が」

「何と言っていいか。保護者役、お疲れさまでした」

「総領どの。何があろうと那月は私が守りましょうぞ」

「うん、頼もしいから武闘派で良し」

「いいんだ？　器が大きいね晴人君」

だんだん人が増えてきて、広い座敷が狭くなってきた。座布団や座卓の位置が調整され、仕出しの弁当が運ばれてくる。

親戚の誰かが「お酒は後で？」と聞き、晴人の父親が「後ですよー」と答える。どの親族も、式神たちに驚かない。事前に文書で事情を知らされたのもあるが、物心ついた頃から色々と目にしているせいだろう。

――最初に祖父(じい)ちゃんの挨拶、簡単な各自の近況報告。それから昼食。

親族会議のいつもの流れを、晴人は頭の中で確認する。

「あるじ。魚と昆布の良き香りが、いたします……」

左手首から、さんごの寝ぼけた声が聞こえてきた。

「そろそろ起きなよ」

「はぁい」

組紐を指先で押すと、さんごがしっぽを振りながら腕の中に飛びこんできた。

「顔に当たる、顔に当たる」

視界を遮る白いしっぽを手でよけると、今日の来賓が入ってきた。薄いグレーのスーツでネクタイをきっちり締めて、琥珀色の髪は後ろの方になでつけている。

「晴明さま、かっこいい。ね、あるじ」

「そうだなあ。晴明さん、こんにちは」

晴人が挨拶すると、親族一同が晴明に注目した。二十代後半の青年の姿をした「偉大なる先祖」を、ある者は畏敬の目で、ある者は驚天動地の表情で見つめている。

「君たちに会いたかった。よろしく」

沈着で簡潔な挨拶に、おお、とどよめきが上がる。

晴明の周りに集まる親族たちを、智晴が「押さないでください」と交通整理する。

——ライブかよ。何だ、このクセが強い一族……。

普通じゃないとは思う。だが、親族会議に先祖が生身の人間の姿で参加するのだから、妙な熱気が巻き起こるのも当然ではあった。

＊

一族の長である智晴の挨拶、各自からの近況報告を経て、すぐに昼食となった。

瓢簞形（ひょうたんがた）に整えた炊きこみ飯や夏限定の焼き鮎に舌鼓を打つ間にも、晴明は上座で数人の親族から入れ代わり立ち代わり質問されている。

晴人は聞き耳を立てた。

住み処は京都のどこか、氏名や肩書きは普段どのように名乗っているのか、式神を生む手伝いをしてくれるというかんざし屋の店主は今日ここに来ないのか。

親戚たちの疑問は当然ではあるが、茜に騒がしい場所は似合わない、と晴人は思う。好奇の視線に晒したくないのだ。

「では皆さん。食べながらで結構ですので、お聞きいただけますか」

智晴が立ち上がって言うと、晴明のもとに質問に来ていた親戚が自分の席に戻っていった。かしこまった空気を感じたようだ。

「昌和君」

智晴に呼ばれて昌和が上座に進み出る。手のひらには楽土がいる。晴明と智晴に挟まれて立ち、「本日は大事なお話があります」と切りだす。

「僕より年長の方はよくご存じと思います。僕は子どもの頃に過ちを犯しました」

重い空気が流れ、晴人はつい「しょうがないですよ」とつぶやく。

親戚たちの目が自分に集中した。

それでも晴人は言葉を継ぐ。

「しょうがないですよ。昌和さんは小学三年生だったんだから」

昌和は楽土を乗せていない方の手をひらひらと振った。その笑顔は（いいんだよ）と言っているようだった。

「山国郷（やまぐにごう）――今の呼び名で言う京北町の土地神、イワナガ様に出会った時。僕は確かに子どもでしたが、思い上がった子どもでもありました。自分は神様の力を借り、病に苦しむ人を助けられるのだと」

一度言葉を切って楽土と目を合わせてから、昌和は口を開く。

「大好きだった担任の先生が病気で入院すると聞いて、九歳の僕は言いました。『神様に治してもらうから大丈夫』と。当の先生が怪しみ、『やめて』とおっしゃったのは当然です」

――つらい。子ども時代の自分を責める話、聞いててつらいぞ。

晴人が黙って煩悶（はんもん）していると、晴明が「昌和君」と呼んだ。

「話を止めてすまんが」

「いえ、何でしょう晴明さん」

「その先生は、今はお元気らしいな」

「は、はい。退院して結婚されて、今も別の土地でお元気に」

親戚一同から「良かった」「そうかそうか」と安堵の声が上がる。

晴明が「うむ」と続きを促した。

「僕の話も本題に近づいてきました。イワナガ様は僕の失敗を見て、一族に呪をかけました。子どものうちは、神様や仏様が見えないように」

それまで傍流三家の子どもたちは、物心ついた頃から神仏、あやかし、霊のたぐいを見てきた。

言い換えれば、害になるかもしれない霊やあやかしに遭いながらも、神仏の加護を感じて育つことができたのだ。

しかし呪が発動して以降は、傍流三家の子どもたちは成人前後になるまで神仏の姿を見られなくなった。心細い状態である。

「晴人君や那月さん、七海さん……僕の息子も含め、ここに来ていない少年少女たち……多くの人に怖い思いをさせてしまいました。お詫び申し上げます」

「いいって、いいって」

那月が言い、七海が「そうですよ」と言い添えた。

「ありがとうございます。この春、僕はイワナガ様と再会して約束をしました。一族にかけられた呪を解く、三つの条件について」

昌和は話しながら指を一本ずつ立てていく。

「一つめ。僕が式神を持つ陰陽師になること。幸い楽土が生まれて京北町の田畑を守ってくれているので、この条件は満たせました。二つめ。イワナガ様に良い酒を捧げること。これは晴明さんが調達してくれました」

得意げに晴明は微笑している。酒好きの面目躍如といったところか。

「そして三つめ。子どもたちが、神の威を勝手に借りて発言せぬように傍流三家が約束することです」

昌和が三つの条件を言い終えると、晴明が袱紗包みを出した。中から現れたのは、紙の束だ。

一枚が晴明の手で開かれる。中身は墨で書かれた文章で、冒頭に大きく「起請文」の三文字が見えた。

「晴明さんが用意してくださった、起請文です。神様との誓いに用いられる文書で、先ほど言った約束がすでに書いてあります」

「昌和さん。そこに子どもたち一人ひとりが名前を書くってことですか？」

那月が手を挙げて尋ねた。

「そうです。契約書へのサインと同じです」

「もう一つ聞くけど、もし、子どもが約束を破ったらどうなるんですか？」

しん、と座敷中が静まった。

昌和が逞しい顎に手を当て、動きを止める。

「……イワナガ様と、そこまで話をしませんでした。イワナガ様と再会できたことで頭がいっぱいで、子どもたちが約束を破るところまで想像もできず……」

「あら、まあ」

那月が反応に困った風に首を傾げ、芳舟が咳払いをした。

「失礼ですが、それは詰めが甘いですな。子どもを信じすぎておる」

「そうだ、そうだ。芳舟の言う通り。詰めが甘いぞ」

親戚のうち、主に中高年層が「甘い」と口を揃えた。

「しっかりしろ、南天の」

「まったくだ。畑と家庭と会社を持っておるのだから、契約は厳密にやりなさい」

昌和は農家と宅配八百屋を兼ねた「やおや南天」を営んでいる。経営者であり夫であり父なのに厳密さが足りぬ――という、容赦のない苦言であった。

「皆さん、さっきまで僕に優しかったのに厳しいですね？」

「当たり前じゃ、南天の。子どもがやったことは許すが、大人になってからの不徹底は指摘するわい」

親ぐらいの年代の親戚に言われて、昌和は胸を押さえる。

「正論で刺された！」

「というわけでな、皆」

智晴が続きを引き取った。

「甥の昌和が少々純朴なおかげで、イワナガ様との約束を破ったら何が起こるか分からん。各家の子どもらには重々言い聞かせて署名させなさい。署名したくなければそのままでいい。署名した子から呪が解ける約束だ」

「伯父さん。三十路を純朴呼ばわりとは、あんまりな」

衝撃を受けている昌和の手から、親戚たちが起請文を持っていく。

——針のむしろ、お疲れ様でした。昌和さん。

晴人は心の中で合掌した。今日は昌和の負い目が成仏した日、かもしれない。

＊

起請文の頒布が終わり、伏見の純米酒で酒宴となった。

この無鄰菴の二階は夕方まで貸し切りなので、車に乗ってきていない者は自由に飲んでよし、という話であった。

ただし、参加者の中で最年少の晴人は十九歳なのでソフトドリンクだ。

「来年は飲めるよー、晴人君」

童顔を赤く染めて七海が言った。頭頂部で夏嵐が眠たげにくつろいでいる。

――せっかくフォーマル寄りに決めてるのに、頭が小鳥の巣に……。

まあいいか、と思いつつ、晴人は七海の持つ盃に冷酒を注いだ。

「ありがとうねー」

七海が盃を口元へ持っていきかけた時、黒く小さな影がその手に飛び乗った。

小鳥だ。真っ黒な、雀に似た体形の小鳥が盃に頭を突っこんでいる。

「酔っちゃう、危ない！」

七海の大きな声に驚いたか、黒い小鳥は酒の雫を散らして窓枠に飛んだ。

チチチッという鳴き声は雀のそれよりも鋭い。

「ん？　夜雀？　夜雀じゃない？」

盃を座卓に置き、七海は窓に近づいた。

親戚たちがざわつく。夜雀って山に出るんでしょ、烏にしては小さいぞ、この体形は雀だろう、云々。

——夜雀なら、名前は聞いたことがある。

七海や芳舟の住む四国、そして和歌山県などに出没するあやかしだ。夜の山道に鳴き声を響かせ、山道を歩く人間を守ると言われる。

しかし、異説も多い。行く手を妨げるだとか、人に憑くだとか、山犬の接近を知らせるだとか、物騒な言い伝えだ。

「七海さん、見たことがあるんですか？　夜雀」

晴人が尋ねると、七海は「昔ね」と答えた。

「子どもの頃、地元の山でキャンプした時に見たの。テントに近づいてきたのを、祖父と父が追い払ってくれた。私が怖がったから」

七海の語る体験に、芳舟が「わしも見たことがある」と言った。

「四国の北側だからか、鳴き声だけ違います。チャチャチャッという風ですな」

親戚たちが「これが夜雀か」と珍しがったり「なぜ京都に？」と疑問を述べたり、にわかに騒がしくなった。

「京都に来たのも不思議だが、なぜ昼に、人前に出てきたんでしょうな」

芳舟も窓枠の夜雀に近づいた。

夜雀は逃げず、傍流三家の面々をきょろきょろと観察している。

芳舟は夜雀から視線を動かさずに続けた。

「わしは何度も夜雀を見たが、時間帯は夜、明け方、夕方だけです。場所も山の中か、山の近く」

黙って見ていた晴明が「苦手な時間帯と場所へ出てきたか」と言った。

窓枠に止まった夜雀が、チ、チ、チ、と鳴く。

酒を飲んだせいか体が揺らいでいる。

大丈夫か、と誰かが言った直後、夜雀は翼を広げて緑の庭園へ飛び立った。

しかし羽ばたきの速度が鈍ったかと思うと、垂直に落下していった。芝生や木瓜(ぼけ)の生えたあたりだ。

「落ちたっ？」

「どこだ？　黒くて小さいからよく分からん」

親戚たちが窓辺に集まる。晴人はさんごを抱き上げた。

「さんご、夜雀を探してくれ！」

窓からさんごが「了解です！」と飛び降りる。

「晴人君、指示をお願い」

長い耳をぴんと立てた穂波を抱きかかえて、那月が言った。

反射的に晴人の脳裏に浮かんだのは、初夏にやりこんだゲームだ。敵を囲いこむ戦法が便利だった。

「穂波、駆けっこは得意だな？」

「星乃どのと鍛えました」

「じゃあ、いったん庭園の奥へ走って、そこから見てくれるか？　別の位置からの方が見つけやすいかもしれない」

晴人に「おう」と答え、金色の兎は芝生へ飛び降りた。あっという間に奥の木立へ駆けていく。

「晴人君。左右からも探そうか」

芳舟が灰色の猫を抱え上げる。なぜか楽しそうだ。

「うちのハンターも出番待ちだよ」

昌和が手のひらに白べこを乗せて窓辺に寄ってきた。

「宝玉は、右から。楽土は左から探して！」

宝玉と楽土が窓から跳び、庭園に着地してから左右に散った。

「晴人君。うちの夏嵐なんだけど」

進み出た七海は、両手に青い小鳥を包みこんでいた。

「夏嵐は小さくて、まだ人の言葉を喋れないから……待機でいいかな？」

「アオサギに狙われても大変ですよね」

「あのう、お客様。どうかされましたか？　大きなお声がしましたが……」

女性が襖から顔を出した。無鄰菴の職員だった。不審げに晴人を見たのは、大声が若い男性のそれだったからだろう。

「すみません」

昌和が晴人の隣に立った。

「盛り上がって、話し声が大きくなってしまいました。気をつけます」

「そうでしたか。何事もなければ、よろしゅうございました。一階には貸し切りでない一般のお客様がおられますので、どうぞよろしくお願いいたします」

「はい、すみません」

昌和と二人で頭を下げ、女性が階段を下りていく足音を確かめて息をつく。

「でかい声で指示しちゃった」

しょげた晴人の肩を、昌和がポンとたたく。

「仕方ない、仕方ない」

——職員さんに見られた時、代わりに謝ってくれたでしょう。昌和さん。

お礼を言うべきだろうか、と思った時、廊下から穂波が入ってきた。後ろに宝玉、さんご、楽土もいる。

「総領どの。揺らしてはならんと思うて、窓ではなくこちらから参りました」

夜雀は穂波の金色の前足に抱かれて、小さく縮こまっていた。

「どうも酔っておるようです。アオサギが近づいてきても動けずにおりました」

穂波の報告に、さんごも「危ないところでした」と言い添える。

「そのように小さき体では、酒が効いてしょうがなかろう。なぜ七海どのの盃にくちばしを突っこんだ？」

楽土が怪訝そうに聞いた時、七海の手から夏嵐が飛んだ。

ピピ、と鳴いて穂波の金色の毛並みに潜り、夜雀のそばにおさまった。

夏嵐が大きくくちばしを開く。

「ピピ！　見てたやろ！　ピッ」

今までと同じ鳴き声、そして畿内の訛りを帯びた人語であった。

「喋れたの、夏嵐！」

「心配かけてごめんやで、七海はん。京都で生まれてすぐ土佐中村の空気を吸ったさかいに、目まぐるしゅうて言葉がうまいこと出てこぉへんかったんや」

「そういうものなの、夏嵐？」

「体から先にできたんや。言葉は後回し！」

夏嵐は夜雀に向き直った。二羽を抱える穂波は、動くに動けず固まっている。

「夜雀はん。わいが生まれた頃からずっと、七海のこと見てましたやろ。七海と散歩してる時に何度も。わいは気づいてたんや、ピ、ピ」

間近でまくし立てられて、夜雀の頭がぐらぐら揺れる。

「や、山犬さまが、チチッ」

人語と鳴き声の交じった声を、夜雀が発した。

「ピッ！　ほらやっぱり、喋れると思うたんや！」

夏嵐は得意げに目を細める。夜雀は羽毛を逆立てて怯えている様子だ。

――もう少し優しくしてやってくれ、夏嵐。

言いかけて、晴人は思いとどまった。七海を監視したり、盃の酒を奪ったりと、怪しい相手には違いない。

「チチ、チ、山犬さまが、様子を見てこいと、チ、チ、おっしゃったのだ」

――山犬さま？　夜雀は、山犬の家来なのか？

夜雀には、山犬の先触れをするという伝承もある。

「チチ、チ、チ。桔梗家の娘が、式神らしき小鳥を連れておる。挨拶もなく何ごとかとお怒りだ。チ、チ」

七海が不安そうな表情になった。

「チチッ。報告したのは私だ。山犬さまに挨拶もなく、式神を飛び回らせる気か」

「ピッ！　自分らに挨拶が要るんかい」

夏嵐がくちばしを夜雀の背に突っこんだ。夜雀が「ヂヂヂ」と鳴いて震える。

「待て待て、拷問は禁止」

晴人は思わず、人差し指で夏嵐の背を押さえた。

「何しはりますのん、総領はん。七海の盃に毒でも入れられてたら大変やんか」

「可愛い姿で、言うことが殺伐としてるなあ」

指先で青い羽毛をなでてみると、夏嵐は可愛らしく「ピキュ」と鳴いた。

「それはそれとして、七海さん。さっきの盃、誰かが飲まないようによけておいて」

「うん、ハンカチかぶせておくね」

「チチチッ。きれいに装って京まで飲みにきたのだから、よっぽど良い酒だと思ったのだ。チチッ。毒を仕込んだわけではない」

「わぁ、ありがとう。この真珠、がんばってお店で選んだの」

にこにこしながらも、七海は自分のハンカチを盃にかぶせる。

「うわっ、かなり減ってる。あの一瞬でよくこんなに飲めたね？」

「チチチッ。旨い酒だった」

――おとぎ話の舌切り雀みたいだ。

洗濯用の糊を食べて舌を切られた雀と、純米酒を飲んで捕まった夜雀。雀のあやかしは、米の加工品で釣れるのかも――と、晴人は心のノートに書きこんだ。

「土佐中村の夜雀か」

二羽の小鳥を抱える穂波の前に、晴明が進み出た。頼もしくも淡々とした表情で、なぜかスーツの懐に指先を入れている。

「仕える山犬の名は？」

「チッ、チッ。さぁな」

晴明が懐から指先を抜いた。

引き出された金の糸が、夜雀の黒い体にからみつく。晴明が指を動かすと、金の糸は網となって夜雀を宙に引き上げた。

「おお。晴明公。美麗な鳥籠ですね」

穂波が両耳をぱたぱた動かしながら褒めた。

金の糸は、球形の鳥籠となって晴明の手にぶら下がっていた。中で夜雀が「ヂッ」と鳴いた。

「仕える山犬の名は？」

もう一度晴明が聞いた。稲荷社の白狐を思わせる顔が、籠の中の夜雀を見据える。

「ま、間崎(まさき)の大夫(たいふ)。チチチッ、間崎の大夫だ！」

かなわないと悟ったか、夜雀は白状した。「大夫」とは、地位のある人間を指す。

「間崎地区なら、夏嵐と何度か行きました。野鳥観察ができる池があって」

間崎地区は四万十川河口の西側にあたり、池から西へ五百メートルほど平地を行けば山が連なっているのだと七海は説明した。

そして、平地と山地の境にある低い山が、八月中旬に大文字の送り火を行う場所なのだという。

「なるほど。間崎という土地のうち、山の部分が山犬の縄張りだったたか」

晴明の指先で、金の鳥籠はゆらゆらと揺れている。

「山の天狗(てんぐ)に『太郎坊(たろうぼう)』『次郎坊(じろうぼう)』などと名があるように、山犬にも名前がある。どうやら間崎で山のあやかしに畏敬されているようだ」

「チチチッ！　その通り」

胸を張った夜雀だが、ふと思い当たったように穂波を見た。

「先ほど『晴明公』と呼ばわったか？」

「いかにも、安倍晴明公である。私の主の先祖、名高き陰陽師である」

穂波の返答を聞いて、夜雀は「ヂッ！」と鳴きながら倒れた。

「死んだふりだ。気にするな」

鳥籠を自分の座卓に置くと、晴明は「飲みながら対策を練るか」と言った。

＊

町家の座敷にゴリゴリと硬い音が響く。

座卓に敷いたタオルに氷の小片が散る。

——家庭用のかき氷器、今日日たいていは電動式だと思うんだよな……。

晴人は茜に命じられて、金属製のかき氷器で氷塊を削っていた。

縦回転のハンドルで力任せに氷を削れば、涼しい風が顔面に吹いてくる気がする。

これは重労働なのか役得なのか、ちょっと分からない。

「晴人君もついに外道かき氷の洗礼を受けましたねえ」

座卓の向かいで感慨深げに言ったのは、からくさ図書館の館長だ。いつものエプロン姿ではなく、竹の模様が入った浴衣を着ている。竹林を表す名の「篁」とかけているのかもしれない。

「外道じゃなくて邪道かき氷よ、篁」

篁の隣で時子が訂正した。栗色の髪は結い上げられて、白い首筋がまぶしい。ガラス玉のかんざしと金魚柄の浴衣が、金魚鉢を連想させる。

「結局、邪道か外道かどっちなんですか。茜さんに『邪道かき氷にするから削って』って言われたんですけど」

「客に食べさせるのに客に削らせるから、外道かき氷です」

「定番のガラス器じゃなくて、漆器に盛るから邪道かき氷って茜は呼んでるの。氷が解けにくいし、持っていいて手が冷たくならないの」

篁と時子の回答それぞれに、晴人は「なるほど」と相槌を打った。

「でも、シロップは茜の手作りよ。あんず、キウイ、白味噌。他にも色々」

時子の言う通り、廊下を兼ねた台所にはシロップの入ったガラス瓶や、シロップをかき氷にかけるための匙が並んでいる。

茜は台所の隅で電話中だ。どうやら店内に飾る花を注文しているらしい。

「しかし晴明様も大変ですね。うちの図書館に来ては『隠居したい』とぼやいていたのに、土佐中村まで出張とは」

「たぶんお酒を買ってくるわね。出張をそつなくこなしてから」

晴人は氷を削りつつ、親族会議に思いを馳せた。

晴明は二つの提案をした。

まず土佐中村へ赴き、山犬に挨拶をすること。

挨拶に行く顔触れは、式神を持たせようと発案した晴明、土佐中村の陰陽師の卵である七海、桔梗家の跡取り晴人、そしてそれぞれの式神と決まった。

次に晴明は「山犬自身に人里を体験させる」と提案した。

晴明いわく「人間に怒りを抱くのは勝手だが、実情を見てから怒るのが道理」なのだそうだ。

「夜雀からの伝聞だけでは世間が狭くなるから、しっかり自分の目で世の中を見ろ……と晴明様はお考えなのでしょうね」

削られていく氷を眺めつつ、篁は言った。

「だけど篁。山犬は山で生きるものでしょう。人里に出るなんて、どうやって？」

「どうされるおつもりなのか。続報が待たれます」

「楽しそうね、篁？」

「犬のぬいぐるみに山犬の魂を降ろして晴明様が連れ歩く、だったら面白いなと」

晴人も想像してみた。

――プレゼントを剝き出しで持ち歩く人みたいだな……。

「『ぬいとり』みたいね」

「時子様、何ですか『ぬいとり』って？」

「最近流行ってるらしいわ。ぬいぐるみと一緒に観光地やカフェで写真を撮るの。ぬいぐるみは小さめが多いみたい」

「今度やりましょうか。小さめのぬいぐるみはお持ちでしたか？」

「オオサンショウウオなら」

「『鴨川から出てきた感』がすごいですね」

篁と時子がぬいとり談義をしていると、茜が漆塗りの椀を運んできた。

「氷が削れたみたいだね」

茜が慣れた手つきでかき氷を椀に盛っていく。

篁と時子が台所に向かう。茜があれこれ指示せずとも、シロップの入った瓶や漆塗りのスプーンを運んできた。

――これが、外道かき氷の洗礼を受けた人たち。手伝う動きに無駄がない。

茜が決めた本来の呼び名はあくまで「邪道かき氷」らしいので、晴人は口に出さずに感じ入った。

なめらかな白味噌のシロップは光沢をまとってかき氷に流れ、意外なことにキウイのシロップとの相性が良かった。

そして、漆椀に盛ったかき氷は解けにくい。まだ氷がきめ細かなうちにシロップのかかった部分を食べきり、あんずのシロップを追加する。

「美味しい。外道上等」

晴人の感想に、篁が破顔する。外道などと呼びつつ、好物らしい。

食べている途中で目を覚ましたさんごも、小さな椀で分けてもらってご満悦だ。

締めは金色をしたぬるめの加賀棒茶（かがぼうちゃ）で、さっきまでの冷たさと甘さが優しく中和されていく。

「あー……。いいんだろうか、これで」

加賀棒茶の香ばしさを堪能（たんのう）しながら、晴人は思わずつぶやいた。

「どうしたんだい、晴人君」

「一族の人が式神を作ったことで、地元のあやかしが怒ってるわけですよね、今」

「跡継ぎとして、美味しいもの食べて飲んで、ほんわかしてていいんでしょうか」

「そうだね」

茜は、袖で口元を隠して笑いだした。

「ふふふ、真面目だねえ」

「『腹が減っては戦ができぬ』って言うから、いいんじゃないかしら？」

時子が諺(ことわざ)を例に挙げてみせた。

「そうですよ、晴人君。事前にほんわかと英気を養っておいてください。生きていれば、どうせ戦なり修羅場なりがやってきます」

篁が物騒な表現をした。

しかし間違いではない。自分の場合、祖父と一緒に死者の魂たちに相対した冬の夜がそれにあたるだろうか。

「分かりました。骨は拾ってください」

もちろん比喩であったが、さんごは毛を逆立てて「縁起でもないです」と鼻先で腕をつついてきた。

土佐中村に向かうのは、八月十六日。

間崎地区で大文字の送り火が行われる当日だ。

山犬が人間たちの祭りを平らかな心で見られるよう、晴人は願った。

＊

田畑に挟まれたゆるやかな坂を上ると、丘に大の字が記されていた。

薪を配置しているのか、大の字周辺で白っぽい服装の人々が作業するのが見える。

黄昏時(たそがれどき)でもそれが分かるほど距離が近い。

京都の如意ヶ嶽の大文字とは違う、平地に近い大文字だ。

「あったかい感じがします。土佐中村の大文字」

歩く晴人の腕に顎を預けて、さんごが言った。

「じゃあさんごは、京都の大文字をどう思う？」

晴人は尋ねてみた。一緒に歩く七海も「どう？」と聞く。

「京都の大文字は、そびえる如意ヶ嶽にどーんと広がって、雄大な感じです。京都の大文字がお城なら、土佐中村の大文字は宴会をするお座敷のよう」

「親しみやすいってことか？」

「そう、親しみやすいのです」

「ありがとう。『あったかい』『親しみやすい』ね」

嬉しかったのか、七海はさんごの感想を復唱してみせた。

「あの山は十代地山（じゅうだいじやま）っていうんだけど、地元の人たちは『大の字山』って呼ぶの。親しみをこめて」

「京都で如意ヶ嶽のことを『大文字』って呼ぶのと似てますね」

「『山』の字が抜けても意味が通っちゃうの、すごいね」

七海の頭の上で、夏嵐が青い翼をばたつかせる。

「ピピッ！　まさに土佐中村は小京都、というわけや。この称号、間崎の大夫は嫌ってはるかもしれへんけどな」

「まだ分からないよ、夏嵐」

「せやろか、七海はん。ピッ」

前を歩くスーツ姿の晴明と、ワイシャツ姿の双葉が振り返った。双葉の手には夜雀がいて、目を閉じている。旅で疲れた体を休めたいのだろう。

「七海さん。その件は今まで黙っていたんだが」

晴明が言い、七海がぎょっとした風に動きを止める。

「な、何ですか晴明さん。双葉君まで真剣な顔で、どきっとするじゃないですか」

「間崎の大夫は、土佐中村の地に一条氏と陰陽師が来るよりも前から土地に根を張っていたようだ」

「やっぱり。後から来たよそ者は、私たちの方なんですね」

「七海さん、『やっぱり』って？」

「晴人君。大の字山は、田畑と山地の間にあると話したでしょう？」

七海の言う通り、大の字山の背後には頂の尖（とが）った山が波のように連なっている。

「地図や航空写真で見るとよく分かるんだけど……大の字山は山地の端っこで、田畑に向かって岬みたいに出っ張ってる。人里と山、二つの世界の境目。だから、大の字山には山の神様がいると言われているの」

その理屈は晴人にもよく分かる。村と村の境界に、道祖神の石像が置かれるようなものだ。

「山と田畑の境界はずっと昔からある。だから、間崎の大夫も古い神様なんですね」

「そういうことだね。でも」

頭に乗った夏嵐に触れてから、七海は言葉を継ぐ。

「一条公も、土佐中村の人たちも、必死で生きてきた。田畑を耕して、台風と戦って、戦国大名との戦に翻弄されて。それでも土地の記録を残そうと、祭りを守って」

――さすが学芸員だな、七海さん。

七海自身の生業は、耕作ではない。戦に翻弄された世代でもない。それでもなお、語るのだ。

自分はこんな風に働けるか、と晴人は一瞬だけ考えた。

夏嵐が、黙って七海の頭から腕に下りた。主の表情を確かめるかのように。

「ねえ夏嵐。必死で人間たちが生きてきたことは、私が伝える。それでも怒られるかもしれないから、夏嵐はポケットに隠れてていいよ」

「ピピッ！　式神を見くびったらあかんやないか、わいも怒られたるわ」

「私も怒られよう」

いつもの翳りを帯びた口調で晴明が言う。

寄り添う双葉も笑顔で「わたしも怒られましょう」と言った。

「双葉。京の結界を繕うため子孫たちに式神を持たせると決めたのは私だ。下がっていなさい」

「晴明さま。夏嵐どのが生まれる前後、わたしは鳥になって七海さんとの連絡がかりになったのですから、無関係ではないのです」

「口がうまくなった」

双葉の髪をくしゃくしゃとかき回し、晴明は再び歩きだした。

「あるじ。大丈夫でしょうか」

腕の中で、さんごが不安そうに言った。

「晴明さんがいるから大丈夫、と思う」

さんごは落ち着かなげに身じろぎする。

「山犬さんは大きいでしょうか。悲鳴を上げてお話の邪魔をせぬよう気をつけねば」

「さんごちゃんは狐だから、犬は怖いよね」

七海の指摘で、そうか、と思い当たる。

「自然界でも、狐は犬が苦手だもんな。隠れてな、さんご」

「良いのですか、あるじ？」

「起きて、見ていてくれればいいよ」

「お言葉に甘えます」

腕の中の重みが消え、手首の桃色珊瑚がほんのり熱を発する。

「何かあったら呼びだしてくださいね。あるじ」

「呼ぶよ。ほら、準備してるから見てみな」

だんだんと大の字が近づいて、送り火の準備をしている人々の声が聞こえる。

作業に携わっているのは、ほとんどが大人の男性のようだ。

「あの大の字から見下ろすと、家の窓の一つ一つもちゃんと分かるの。まるで、山の神様から見守られているみたいに」

「七海さんは、山の神様について何か聞いてますか？　ご両親とかから」

「あまり多くはないよ。『大の字山に神様がいる。だから地元の人と協力して、祭りを守り、山の神様の祠に花と酒を捧げる必要がある』」

なるほど、山犬──間崎の大夫の存在を知らなかったのもうなずける。夜雀を見た経験があり、知識として「夜雀は山犬の先触れ」と知っていても、その両者が「大の字山の神様」と結びついていなかったのだ。

「夜雀さん」

七海が足を速め、双葉の手に乗った夜雀に語りかけた。一行はもう大の字山の南側に回りこみ、風は森の湿り気を帯びている。

「夜雀さん。起きてる？」

「チ、チッ。やはり黄昏時は力が満ちる」

「昼間に旅をさせてごめん。間崎の大夫は今、山の神様の祠にいらっしゃるかな？」

「もっと奥地にいらっしゃることも多いが、わたしが呼べば来てくださる。酒もあることだしな。チチッ」

夜雀は晴明の手元をちらりと見た。紫の風呂敷に包まれているのは、伏見の純米酒だ。風呂敷の端をねじって結び、手提げのように整えてある。

「捧げ物があるゆえ、祠からお呼びしよう。チチッ」

——最初に会った時と比べて、協力的だ。

晴人の見たところ、親族会議で出たものより上等な酒を晴明が用意したと知って、態度が軟化したようだ。

山沿いに進んでいくと、人ひとり通れる程度の石段が現れた。提灯(ちょうちん)を持った人影が下りてくる。神職のような装束を着た青年だが、茶色の顎髭がやたらと長い。

「夜雀どの。しばらく帰らぬので、間崎の大夫が心配しておりますぞ」

顎髭の青年が、晴人たちなど眼中にないような口振りで言った。

「チチッ。極悪陰陽師一族に捕まっておった」

「よく極悪だと分かったな」

晴明が言い、顎髭の青年が鼻をひくつかせる。

「どちらさまで？」

「狸(たぬき)か。うまく化けたが、顎髭が毛皮の色に似ている」

晴明が言うと、青年は顎髭を手で押さえた。

「どちらさまでございますか」

「一条公に仕えた土佐桔梗家の先祖、と言えば分かるか」

「チチチッ！　狸どの、安倍晴明公だ。蜘蛛のごとく金の糸で搦め捕られるぞ、気をつけろ」

「蜘蛛の糸ではない。宗像の三女神から受け取った金の葡萄だ」

晴明の指先から金の蔓が伸びる。葉や果実こそ見えないものの、しなやかなその曲線は葡萄の木と蔓を思わせた。

「晴明さんの人脈、どうなってんだ？」

宗像の三女神と言えば、九州の離島に祀られた海上交通の神だ。

「二年ほどまえ、色々あったのです」

驚く晴人の視線を受けて、双葉がにこやかに言った。

「よく分からないけど、俺が高校生の時から二人が活躍してきたのは分かった」

「チチチッ。平安の頃よりも力が強まっている疑いがある。狸どの、どうか穏便に」

夜雀が双葉の手から飛び立ち、狸の青年の肩に乗った。

「ならば、そのように」

「チチチ。捧げ物の酒もあることだしな」

「それは良きこと」

狸の青年も態度が軟化した。

酒の威力が大きいのか、捧げ物の意味が大きいのか。

梢の間から薄紫の空が見える道を上って、広葉樹に囲まれた空き地に出た。

小高くなった場所に、小さな祠がある。白や黄色の小菊と、未開封のカップ酒が捧げられていた。

「捧げ物です。『山の神様に』って。地域の人たちだけでなく、父や弟たちもお参りと祠の手入れに来ます」

「チチッ。お主が式神を連れて挨拶に来ぬから、間崎の大夫はお怒りなのだぞ」

夜雀が、狸の青年の肩から言った。

「ごめんなさい。女一人では危ないから山の中に入らないよう、男手に任せるように言われていて。地元が善い人ばかりでも、どんな人が外から来るか分からないから」

「チチチ！　聞かれましたか、間崎の大夫」

夜雀が呼びかけた。広葉樹の間から、一頭の白い犬が現れた。犬にしては大きく、山の中を進んできたにしては、舌を出して断続的に息をする犬らしさがない。

「お初にお目にかかる。京から来た少しばかり古い陰陽師だ。安倍晴明という」

晴明の名乗りに、晴人は内心で（おかしいぞ）と思う。

──『少しばかり古い』って、晴明さん。あなた千年前の人でしょう。

しかし、異郷の山の神に語りかけるには適した形式なのかもしれない。

山犬──間崎の大夫は、犬の「お座り」と同じ格好で腰を下ろした。頭の位置が、晴明よりやや低い。つまり晴人と同じくらいだ。

「吾（われ）は間崎だ。あやかしたちには『間崎の大夫』と呼ばれる」

「では、間崎の大夫。わが不始末について詫びたい」

「安倍晴明公の名、この地に来た一条氏も陰陽師も語り伝えておった。名高き陰陽師がいかなる不始末をしたと述べるか」

ゆっくりと食べ物を咀嚼するような語り方をする神様だ、と晴人は思った。

決して急がず、予断を述べない。

「京を守る結界は、千年経って綻びかけている。私はこの二年ほど、神や人間の力も借りて結界の補修を行っている」

「千年も経てば、さまざまなモノやコトが朽ちるか、変容する。山の神への信仰も」

間崎の大夫は、続きを求めるように首を傾げた。

「して、桔梗家の娘が式神を持ったのも補修の一環か」

「察しが早くて助かる。その通りだ」

「夜雀の報告では、夜雀と同じく小鳥の姿で、東の池で桔梗家の娘とともに逍遥しておったという」

逍遥とは、ぶらぶら歩きのことだ。七海は生まれたばかりの夏嵐と親交を深めるため、野鳥の観察ができる自然公園に通ったのだろう。

「黒と青、色が違うとはいえ、夜雀に似た式神が生まれたと聞いて、何が起こっておるのか、吾は気がかりであった」

「すみません。夏嵐は小鳥の姿の式神だから、他の鳥たちの形や習性を色々と見せたかったんです」

青い小鳥を両手の中に守りながら、七海が進み出た。

「この子は京都で、波に千鳥模様の扇を苗床として生まれました。私の選んだ扇子です。何か企みがあって、小鳥になったわけじゃないんです」

七海を見る晴明がなぜか嬉しそうなことに、晴人は気づいた。

「なぜ笑っている。晴明公よ」

「子孫が頼もしい、と思っていた。私は笑っていたか」

晴明は風呂敷に包んだ酒瓶を差し出した。

「伏見の酒だ。京の地中を流れる水から生まれた酒を、間崎の大夫に捧げる」

「いただこう」

間崎の大夫は風呂敷の持ち手になった部分を咥え、控えていた狸の青年に渡した。

狸の青年は恭しく受け取ると、酒瓶を祠の前に置いた。

「私の子孫である桔梗七海は、山の神への参拝を一族から禁じられていた。単に、女一人で山に入るのは不用心という世の習いに従ってのことだ」

「ならば、一族の男たちを通して吾に報告すべきであろう。七海が式神を得たこと、式神が間崎の地——いや、土佐中村を飛び回ることを」

「すみません。私が父や弟にその件をお願いしていれば。一族内の連絡が、ちゃんとしていなかったのです」

謝る七海の隣に、双葉が駆けつける。

「七海どのと、京都との連絡がかりをしたのはわたしです。おわびもうしあげます」

晴明が無言で、また双葉の髪をかき回す。

「礼を欠いたこと、誠に申し訳ない」

ゆっくりと、ぶれのない動きで晴明が頭を下げる。

七海と双葉、晴人もそれに倣った。

「よかろう。晴明公は京の陰陽師ゆえ、事前に土佐の山の神にまで目配りせよとは無理な話である。赦す」

「チチチッ。夜雀も赦す！」

「狸は、間崎の大夫の御心のままに」

七海の手の中で、夏嵐が「ピィ」と鳴いた。

「おおきに、おおきに！　ありがとう存じまする！　ピピピッ」

間崎の大夫が前足を「お手」のように上げると、夏嵐はそこに素早く止まった。

「鳥は自由で良いな。吾は山犬ゆえ、山の外を出歩けぬ」

「そのことだが、間崎の大夫」

晴明が夏嵐をひょいと抱き上げ、七海の手に戻す。

「夜が明けるまで、鳥となって土佐中村の地を見回ってみないか」

「可能か。晴明公」

「準備をしてきた。夜雀からの伝聞ではなく、直に人里を知ってほしいと思った」

晴明が白い紙片を取り出した。飛ぶ小鳥を上から見たような形だ。

「厄を移す人形に似せて作った。雀形と呼んでいる」

晴明が雀形と呼んだ紙片には何かが書きこまれていたが、晴人のいる位置からはよく読み取れなかった。

しかし、間崎の大夫には分かったようだ。

「なるほど。魂を降ろし、姿を借りる術か。夜雀よ、鳥ならば土佐中村の地を一晩で一巡り（ひとめぐ）りできるであろうか？」

「チチチッ。軽く一巡りならば間に合いまする。先導いたしましょう」

――篁さん。犬のぬいぐるみじゃあ、なかったですよ。

晴人は図書館長の切れ長の目を思い浮かべた。何かに神を降ろして人里を直接見るという点ではまったく正解で、篁は慧眼（けいがん）であったことになる。

「今夜は送り火だ。燃える火を、見守る人びとを、その目で見てほしい」

右手の指に挟んだ雀形を、晴明が高くかざす。

鼻先を上げた間崎の大夫が、山犬から白い靄（もや）となり、雀形に吸いこまれた。

次の瞬間、晴明の手から白い雀が飛び立った。

「飛べるな！」

白い雀は一声叫ぶと、晴明の琥珀色の髪に舞い降りた。

「間崎の大夫。私は、人里を見てほしいのだが」

髪を巣にされた晴明が、陰鬱な口調で言う。

「何、ほんの戯れよ」

「チチッ。参りましょう、間崎の大夫！　送り火の匂いがいたしまするる！」

飛び回る夜雀を追って、白い雀が飛び立った。

「夜明け前に帰還する。晴明公、また会おうぞ」

「早起きしてこよう」

晴明は、乱れた髪を手で直しながら二羽の小鳥を見送った。

梢の間から見える薄紫の空は、まだ明るさを感じさせる。夏の日は長い。

「あなた方も、大文字の送り火を見ていきなされ」

狸の青年が提灯を掲げ、もと来た道を示した。


山を下りて狸の青年と別れて田畑を行くと、住民たちが集まっていた。

薄紫の空を背景に、丘の大文字が燃え続けている。

「藤の色だ」

七海が空を指さして言う。晴人は、からくさ図書館で見た藤棚を思い出す。

「ほんとだ。藤の花に似てますね」

「一条公のご家紋は、藤なんだよ。藤原氏から出た一族だから」

藤色の空に、舞う小鳥の影が見えた。一羽は黒く、もう一羽は白い。

「晴明さま。見てくれていますね。人里を」

双葉が周りを見回した。

薄着の子どもや大人たちが集まって、送り火を眺めている。

送り火を背景にポーズを取る子どもを、大人が写真に撮っている。ビールの缶やラムネの瓶を持って見物する姿は、夏を見送る宴のようだ。

京都の送り火のような人波も、連なる自動車もない。田畑に寄り添う送り火だ。

それでも、だからこそ、晴人はこの光景を見ていたいと思った。

「あるじ。良いお祭りですね」

手首の桃色珊瑚から、さんごの声がした。

「うん。『あったかい感じ』だ」

先ほど聞いた感想を真似てみせると、さんごは子どものような笑い声を立てた。

第十話・了

第十一話

かんざし六花の茜さん

町家が並ぶ路地の隅で、男の子と女の子が輪になって喋っている。

手にした透明な袋は、カラフルなパッケージの駄菓子ではち切れんばかりだ。

——地蔵盆のお菓子セットだ。

かんざし六花へと歩きながら、晴人は懐かしさを覚えた。

子どもの頃に京北町で、似たような菓子袋が配られた記憶がある。

八月の終わりに近畿地方などで行われる地蔵盆は、街角の小さな地蔵堂の祭りであり、地域の子どもたちの祭りでもある。

地蔵盆のために、大人たちは地区ごとに工夫を凝らす。

金魚すくいやゲーム大会、流しそうめんなどなど。

晴人がいつも買い物をするスーパーでは、夏の早い時期から地蔵盆用の駄菓子の詰め合わせを予約販売していた。

——中学生ぐらいになると小さい子の世話係を任されて、大変なんだよな。

子どもたちは、午後に始まるスイカ割りの話をしている。行事が一段落して、いったん家へ帰るところだろうか。

「ハル坊よ、地蔵盆は良きものよな。地蔵堂は提灯で飾られ、子どもたちが集まる。地蔵菩薩の喜ぶ日よ」

隣を歩く白い狐――水月が言った。

耳やしっぽの先、前掛けの露草色が涼しげだ。

水月が神使として仕える観世稲荷は、小学校の敷地に建っている。そのせいか、子ども好きの地蔵菩薩に親近感を覚えるらしい。

「あるじ。あのような可愛いお菓子、見たことがありません！」

肩に乗った白い狐――式神のさんごが言った。しっぽの先の薄紅色が、晴人の視界の隅で揺れる。

「袋が小っちゃくて、赤、青、緑できらきらです！」

「さんごよ。お主は茜どのの店で和菓子をいただいておるから分からぬようだ。あれは駄菓子だ。安くて量が少なく、子どもが小遣いで買える」

「そうなのですね。あるじも子どもの頃、食べましたか？」

うなずきながら、晴人はあることに気づいた。

――うちの式神、舌が贅沢な子に育ってないか？

高知の鮎最中、愛媛のタルト、手作りシロップが添えられた邪道かき氷。

この夏にさんごが食べた菓子類は、晴人の基準では贅沢なものばかりだ。

――駄菓子も食べさせた方が教育にいいのか？

さんごは少食なので、小粒のラムネやグミが良いだろうか。

子どもたちのそばを通り過ぎた後、アニメの必殺技らしき雄叫(おたけ)びが聞こえてきた。

「あるじも昔、あんな風に面白い声で叫んでましたか？」

晴人は、さんごのしっぽを軽くなでた。「うん」と正直に答えては、主の威厳が保てないと思ったからだ。

「あるじ。晴明公のお話とは、何でしょうね？」

近くに人がいないので、晴人は「何だろうなあ」と小声で答えた。

昨夜、スマートフォンに晴明からメッセージが入った。下宿で水月も交えて焼き魚とそうめんの食卓を囲んでいたところであった。


明日、茜の店で芳舟君と相談がある。

もし良ければ同席してほしい。

弟子とその式神も来る。


晴明の弟子は隣に住む娘と聞いているが、まだ直に会ったことはない。

どんな傑物か会ってみたいと思い、晴人は「行きます」と返信したのだった。

「あるじ。芳舟さんと宝玉ちゃんに何かあったのでしょうか？」

「んー」

晴明の弟子とその式神も来るというのは、助っ人としてだろうか。いずれにしても
あの晴明に師事しているのだから、ただ者ではないはずだ。

――そうめんが伸びちゃうと思って、あまり詳しく聞いてないんだよな。

自分の食い意地を、少し反省した。

桔梗家の総領と普通の学校生活を両立させてきた自分が、この体たらくではいけな
いと思う。

――晴明さんの弟子に負けたくないからな。

かんざし六花の暖簾が見えた。

玄関脇の掛花生には、白いコスモスに似た花が生けられている。葉の形が違うので
おそらく秋明菊だろう。

「あるじ。かき氷器の音がします」

「おお、ゴリゴリと爽やかな。ハル坊、早う入ろうぞ」

客が氷を削る外道かき氷――もとい邪道かき氷の音だ。

誰が削っているのだろうと思いつつ、晴人は暖簾をくぐった。

「こんにちは、お邪魔します」

引き戸を開けると、帳場奥の暖簾から晴明が顔を出した。

「よく来た。暑い中すまんな」

「いえいえ」

氷を削る音が速くなる。力強いなあ、と思いながら土間に入ると、座敷では黒いワンピースの少女が氷を削っていた。細腕に似合わぬ速度で、縦回転のハンドルを操っている。

「こんにちは！」

少女は氷を削りながら、人懐っこい笑顔で挨拶した。

年齢は十八歳くらいだろう。大きな目と丸顔が可愛らしい。黒髪を結い上げて、朱漆塗りのかんざしを挿している。

同じ座卓では、芳舟が膝に乗せた宝玉をなでていた。

「晴人君、また会ったねえ。短い間に」

「愛媛からお疲れさまです。お邪魔します」

座敷に上がりつつ、晴人は狐につままれた気分であった。

消去法で言うと、この見知らぬ少女は晴明の弟子、ということになる。しかしその腕さばきの力強さは、晴人の予想を裏切っていた。

――晴明さんに似た雰囲気の子を想像してた。クールで近づきがたい感じの。

まさか、豪速で氷を削りながら笑顔で挨拶するとは。

一見普通なようでいて、ちょっと面白い――と晴人は思った。

「桃花さん、そろそろわしと交代しましょう」

芳舟の申し出に、黒いワンピースの少女――桃花が「はいっ」と返事をする。まだまだ元気が余っていそうな声だ。

「初めまして。桔梗晴人です」

「式神のさんごです」

「観世稲荷の使いにしてハル坊のお目付役、水月と申す」

三者三様に挨拶する。桃花は正座して、深々と頭を下げた。

「安倍晴明公の弟子、糸野(いとの)桃花と申します。以後お見知り置きくださいませ」

花が一輪挿しにすっきりと収まった瞬間のような、美しい所作と声だった。

「初花。ご挨拶してね」

桃花が後頭部に手を回すと、カツンと音がした。かんざしをついたようだ。

「はい、あるじ！」

幼い女の子の声とともに、一羽のフクロウが姿を現した。どこにでもいるフクロウに見えるが、くちばしが紅花で染めたように赤い。

「式神の初花ともうします。いご、お見知りおきくださいませ」

真紅のくちばしを持つフクロウは、丸い体を傾けてお辞儀した。

「はじめまして、初花さん」

さんごが青い目を見開いて、前足を差し出した。

「あくしゅですね、さんごさん」

さんごの前足に、初花が一方の翼をくっつける。

そこへ宝玉がしっぽを立てて近づいた。ごろごろと喉を鳴らしながら、初花の羽毛に鼻先を埋める。

「宝玉さん、いけません。そんなことをするとくしゃみが出ますから」

初花に注意されて、宝玉が「ニャ」と鳴く。

「うちの宝玉も、人の言葉を使えればいいんですが」

芳舟が寂しそうに言う。

「そこで、桃花を呼んだわけだ」

晴明が角盆でかき氷シロップの瓶を三つ運んできた。続いて茜が、漆塗りの椀を運んでくる。

「桃花ちゃん、式神を持ってそろそろ二年だものね。すっかり立派になって」

「えへへ、おかげさまで」

茜に褒められて、桃花は口元を緩めた。

「紅葉の季節になったら二歳だね、初花」

「はい。わたくし、まちどおしいです」

まばたきする初花の目は、夢見るように輝いている。

「二年って、かなり先輩じゃないですか。うちのさんごが生まれたのが、今年の春だから」

「わしから晴明さんに相談したんだよ、晴人君。宝玉が喋ってくれないのは、わしに至らぬ点があるのではないか、と」

「桃花は猫を飼っている。芳舟さんが宝玉と関係を築くにあたって、良い先生になるだろう」

――えっ、そっち？　陰陽師としての力を見込まれて、じゃなく？

晴人は桃花を見た。

桃花は不満がるでもなく、宝玉の鼻先に指を出している。そこへ宝玉が頭をこすりつける。確かに猫の扱いがうまいようだ。

「うちのミオは普通の三毛猫だし、猫ちゃんは一匹一匹性格が違うけど、芳舟さんに何かしら参考にしてもらえると思います」

「こりゃあ頼もしい。よろしくお願いします」

「晴人君は、桔梗家総領の立場から見守ってくれると助かる」

——俺のような若輩者に、出番はあるでしょうか。

弱音を押し隠しつつ「はい」と答える晴人の前に、かき氷を盛った椀が置かれた。

「今日のシロップはパイナップルとほうじ茶と紅茶だよ」

茜が告げると、桃花と初花、さんご、水月が拍手した。

＊

妻は修子（しゅうこ）といいます。子がないのでずっと二人暮らしです。

どんな女性か、ですか。

文学少女が文学社会人になって定年退職したような、まあ本好きですな。

傍流三家については、知り合って間もない頃に説明してあります。

反応ですか？

びっくり顔で「古い家柄って面白いわね」と言われました。

結婚相手が傍流三家の生まれであることは、あまり気にしなかったようです。

婚姻届を出したばかりの頃「柊修子を音読みしたら『シュウシュウシ』で、俳句を詠む人みたい」――と言って、本当に俳句を詠みはじめました。

俳句雑誌での俳号は「修修子（しゅうしゅうし）」です。

ええ、修の字を一つ増やして。

宝玉を「式神だよ」と見せても、妻は驚きませんでした。

すぐ「俳句の題材にしていい？」と聞いてきましたよ。

題材にしてもいいが普通の人間には見えない猫なので、猫を飼っていると公言するのはやめてくれ、と頼みました。

妻は宝玉の姿も鳴き声も分かるので、猫じゃらしで遊んだり、魚の切り身を一口やったり、うまくやっているようです。

ええ、傍流三家の人間ではないのですが、娘時代から色々と見てきたようです。

たとえば、亡くなった方が近所を歩いていたが、四十九日の法要が過ぎたら見なくなった、とか。

またある時は、お墓へ行く道に人魂らしき火が飛んでいた、とか。

いえ、さほど悩まなかったようです。
十七、八歳の、知恵がついてきた頃に見るようになったから「世の中そんな現象もあるでしょう」と思ったのだとか。
紅茶シロップのかき氷、いい香りがしますな。いや茜さん、おかわりは結構です。もう充分、椀に盛っていただきました。

ほほう。桃花さんの猫——ミオさんは、呼ばれると返事をするんですな。

賢い、賢い。「ごはん」だけでなく「病院」や「注射」にも反応するとは。

うちの宝玉の場合は、最初から魚の話に反応していました。

妻が「ハマチ食べたい」とか「マグロ食べたい」とか言うとミィミィ鳴きます。

目ですか？　目はそういう時、まん丸になっておりますな。そうですか、興味を持っている時の反応、と。

ところで、先ほど桃花さんが話してくださいましたな。初花さんが最初に言葉を口にした時のお話。

飯縄権現のお使い狐が、元気をなくして飛べなくなった。

お使い狐が「飛びたい」と言った時、「飛びたい」と女の子の声がした。そして初花さんが現れた、と。

うちの宝玉も、他者の願いに反応しておる気がします。

いや、最初は違いましたな。猫の鳴き声が扇から聞こえて、それから姿が現れたのですから。

しかし我が家に落ち着いてからは、妻の願いに反応します。

さっきのハマチやマグロもそうですが、もうちょっと複雑な願いにも反応しておりました。

ある時、妻が宝玉に「長生きしたいわね」と言ったことがあります。猫じゃらしで遊ばせておった時です。

宝玉は、猫じゃらしの存在を忘れたみたいに妻にすり寄っていきましたよ。

どうやら言葉が分かっているようです。

単語だけでなく、もっと長い言葉や、そこに話者の願いが籠められていることも分かっている。主の贔屓目かもしれませんがね。

泡魂鎮めには連れて行きました。

ええ、泡魂が見えておりますね。鹿島でも重信川河口でも、泡魂に向かってシャアシャアと鳴きます。

耳ですか？　そういう時はこう、寝かせております。威嚇しておるんですな。

性別は、オスのようです。だから体つきが頑健なのですかね。

毛が灰色なのは、わしの髪が半分白髪だからだと思いますが。

どうしました、桃花さん。

えっ、宝玉を抱っこしたい？　なるほど触診ですか。

あ、可愛いからですか。はあ、うちの子でよろしければ。抱っこは嫌がらないですよ。腹をなでても大丈夫です。

うちの宝玉は初花さんにもくっつきますね。

おおっ、水月さん、さんごさんが近づいても平然としておる。

相手が人でも式神でも神様の使いでも、懐っこい。宝玉は社交的な性質のようだ。してみると、泡魂に威嚇するのは、よほど警戒しておるのか……。

＊

晴人の想像では、猫との付き合い方について桃花による講義が始まると思っていたのだが、違っていた。

皆でかき氷を囲みながら、桃花は芳舟から宝玉との暮らしを聞き出していった。そのやり取りは単なる雑談のようでいて、宝玉という式神の性質をはっきりさせるものであった。

芳舟は手帳と鉛筆を出して、取材する記者のように書きこみを始めた。

「宝玉は人の言葉こそ喋れないが、人の願いを察知し、目を丸くして鳴くという反応をする。そして、懐っこい性格なのに泡魂には威嚇する。この二点ですな。主として心にも銘記せねば」

茜が煎茶のおかわりを注いで、芳舟に差し出す。「いただきます」と言って、芳舟は清水焼の汲み出し碗に口をつけた。

「芳舟さん。泡魂たちは、帰りたいだろうね」

茜が言った。芳舟が汲み出し碗を置くのを待って、また話しはじめる。

「朝鮮半島への出兵のために鹿島に集まった、安土桃山時代の兵。時代は違えど、同じ場所へ出兵するために熱田津に集まった、飛鳥時代の兵。どちらの海岸でも、兵たちは帰りたかった」

——茜さん。今、見てきたような言い方をした？

不思議に思った晴人だが、すぐ（いや、そういうものかもな）と思い直した。

篁の口振りからすると、茜は篁よりもかなり上の世代らしい。

晴人は心の中の年表をめくった。篁の生年は、平安京ができて数年後だ。すると、茜は遅くとも奈良時代の生まれだったことになる。

——茜さんが飛鳥時代の人で、出兵をリアルタイムで知っててもおかしくない。

「帰りたかった。そう、茜さんの想像される通りだと思います」

芳舟は、茜の発言を想像と取ったようだ。

桃花に抱かれた宝玉を、じっと見て言う。

「なあ、宝玉や。言葉が分かるなら、わしらの話も多少は分かってくれるかな。あの海辺に浮かぶのは、帰りたかった人たちの記憶、帰りたかった人たちを見ていた人の記憶なんだ」

宝玉は、緑の目を大きく見開いて聞いている。黒目が碁石のようにまん丸い。

「あの女の人たちも、飛鳥(あすか)の都から連れてこられたんだな。出兵の時に当時の女帝も熟田津に来たから、一緒にな。その中に額田王という和歌の巧(うま)い女の人がいて、戦いのための和歌を詠まされたんだ。女の人たちは、飛鳥の都にいたかったろうな。昔の旅は大変だったから」

ニャ、と宝玉が鳴いた。

桃花の腕から下りて、芳舟にしっぽを立ててすり寄った。人の言葉こそ話さないものの、主の語りかけを快く思っている風だ。

「だからな、宝玉。あまりあの泡魂たちに、つらく当たるもんじゃないぞ。あれは人でもあやかしでも神でもないけれど、心はあるようだから」

宝玉がゴロゴロと喉を鳴らす。

桃花はうっとりと目を閉じて「癒やされるゴロゴロ音……」とつぶやいている。

「よしよし。修子さんと三人で、長生きしような」

宝玉のゴロゴロ音が大きくなる。宝玉も芳舟も、目を細めて嬉しそうだ。

「いや、失礼。わしばかり喋ってますな。先ほどから」

照れたように芳舟が言った。晴明が意味ありげに笑う。

「さらに喋ってもらうことがあるぞ、芳舟さん」

「ややや、何でしょうか。何でもどうぞ」

「夜雀についてだ。土佐中村と同じく、松山にもいるそうだな。詳しく聞きたい」

晴人は親族会議に夜雀が出没した時のことを思い出した。

七海の盃にくちばしを突っこんだ夜雀は「チ、チ」と鳴いていたが、芳舟は鳴き声が違うと言っていた。

「はい、松山の、やはり山の方です。土佐中村の夜雀はチッチッと鋭い鳴き声でしたが、もっと柔らかい感じでチャッチャッと鳴きます」

「松山の夜雀も、山犬の先触れだろうか」

京都から遠い土地のあやかし事情について、晴明はあまり知らないようだ。

「そういう言い伝えはあります。しかし、無闇に山に入って山犬と会おうとするのは無礼にあたる、と松山柊家では言われております」

「まさに『触らぬ神に祟(たた)りなし』だな。現代風に言うと『棲(す)み分(わ)け』か」

「はい。人里は人里、山は異界ですな」

「いきなり山に入るのが無礼とすれば」

晴明が懐から人形を取り出す。

宙に放った人形は、ひらりと翻ったのち水干姿の少年となった。

「あっ、双葉さん」

尊敬する先輩の登場に、さんごは嬉しそうだ。

「双葉。話は聞いていたな」

「はい。松山の夜雀と、山犬について。御用は山犬探しでしょうか？」

呑みこみの早い生徒のごとく、双葉は言った。

「そうだな。まずは松山の夜雀を探し、仕える山犬への伝言を頼む。『我が子孫は式神を得て、海辺の泡魂をともに鎮めることになった。式神は灰色の猫の姿である。遅れて申し訳ないが挨拶に行きたい』と」

「承知いたしました。安倍晴明公の名代として、行ってまいります」

「姿は、あれが良いな。鷹では夜雀が恐れてしまう」

「金の烏ですね、晴明さま」

晴明が双葉の頭に手をかざす。

少年の姿が消え、金色の烏が現れる。胸には赤い五芒星(ごぼうせい)――桔梗紋がある。

「これなら普通の生き物からは見えず、晴明さまの使いだとすぐ分かります」

金色の烏は、三本の足でぴょんと跳ねて晴明の腕に乗った。

「懐かしい。双葉君がこの姿で瀬戸内海(せとないかい)へ行ったのが、一昨年(おととし)の今頃だったよね」

桃花がしんみりとした表情で言う。

「九月九日の、菊の節句の頃」

金色の烏が「ええ」と応える。

「あの時は、行くさきざきで西日本の神仏におせわになりました。境内で休ませていただいたり、飛びやすい風の吹く時間帯をおしえていただいたり。でも」

双葉の声に憂いがにじむ。

「あやかしや、古い土地の神について……情報収集が、ふじゅうぶんでした。反省点です」

――双葉君、人脈と克己心がすごいな？

張り合うのはよそう、と晴人は決心した。

「仕方なかろう。一度に何でもやろうとするな」

晴明は金色の鳥を腕に止まらせたまま、奥の部屋へ歩いていく。

「茜。中庭から飛ばす」

「はい、どうぞ。ああ、いけない。双葉、かき氷は？」

晴明の後を追って、茜の姿が消える。

「良いのです、茜どの。わたしはいま、西へと気が逸っています！」

バサッ、と羽ばたく音が奥から聞こえた。

しばらくして、晴明と茜が揃って戻ってきた。

「晴明さん。わしと宝玉も、明後日（あさって）には松山へ帰ります。今回は妻と旅行も兼ねて来ているので、明日すぐというわけには参りませんが」

芳舟の話では、妻と後で待ち合わせて市内の旅館に泊まるらしい。

「ああ。急がなくていい。晴人君」

「はい？」

「もし良ければ、晴人君も行くか。松山の山犬に会いに」

晴人は一瞬迷った。夏休みとはいえ大学の課題はある。

——でも、桔梗家の跡取りとしては行くべきだよな。

「行きます。旅費は祖父に頼みます」

そう返事をした後で、思い出した。芳舟は、松山の泡魂の中に茜に似た女性がいたと言っていた。

——行くべき、だけじゃない。行って確かめたい。

「お手数をかけます、晴人君。まだ学生さんなのに」

恐縮する芳舟に、晴人は本気で「とんでもないです、行きたいです」と言った。

＊

中庭でツバメを見なくなった。

煉瓦塀の上に巣立ったばかりの雛が仲良く並んでいたのは、暑さが極まる前だ。

並んで翼を動かして、羽ばたく練習をしていた姿が懐かしい。雛たちはもう、親鳥と同じだけの力を得て飛び回っているのだろう。

外壁には空っぽの巣が残り、カラスよけの網が律義に巣を囲んでいる。

――もう地蔵盆だ。巣と網を撤去してもいいだろうか。

篁は井戸のそばに立って、からくさ図書館の中庭を見渡した。

百日紅の樹は薄桃色の花房に覆われ、金平糖のような花を地面に落としている。まだまだ咲くのだから、花がら摘みは九月に入ってからでいいだろう。

ムクゲも花の勢いが良い。白い花の中心を彩る赤が瑞々しい。次々に咲くので、こちらも落ちた花が地面に散り敷いている。

――今朝の庭仕事は、落ちた百日紅とムクゲの掃除だな。

ツバメが南へ渡るのは、昆虫が少なくなる九月から十月だという。

ならば、もうしばらくは巣と網をそのままにして、落ち着く場所がここにあるのだと示しておこう、と篁は思う。

――来年も来て巣をかけてくれないと、時子様が寂しがる。いや、利用客にも寂しがる人がいそうだ。

馴染み客に鳥類学者がいるのを思い出して、篁は苦笑する。

物置から籠と園芸用手袋を出して、まずはムクゲの花を拾いはじめた。しぼんでくったりとした花は、どことなく女性の姿を連想させる。心を打ちのめさ心を打ちのめされた女性を抽象画にしたら、こんな姿だろうか。

——たとえば、死者となって冥府に来たばかりの茜さんは、こんな風になっていたかもしれない。

想像してから（間違えた）と思う。

名は「茜さん」ではない。死者となった時点での名は、額田王だ。

大海人皇子の妻となり、その兄である天智天皇に愛された女性。熟田津で戦意高揚の和歌を詠み、それゆえに死後は修羅道に落とされかけた女性。

——修羅道行きを免れるかわりに、額田王は冥官となった。どれほど孤独な決断だったことか。

「篁。顔が怖いわよ」

木製の扉が開いて、時子が庭に入ってきた。エプロンに加えて三角巾まで着けた、掃除用の装備だ。

「怖い顔、してましたか」

「実は庭仕事が嫌いなのかと思うくらい」

「相当ですね。嫌ってはいませんよ、縄張りの整備なんですから」

「手伝いましょうか？　花拾い」

「お召し物が汚れますよ」

時子はクリーム色のワンピースを着ている。花を拾うためにかがんだら、裾が汚れてしまうだろう。

「お手伝いでしたら、コーヒーをお願いします。急いで拾うので、藤棚の下で飲みましょう」

「いいわね」

時子が嬉しそうに言う。

——この人と小さな約束を重ねていく日々は、なんと美しいのだろう。

館内に戻っていく時子を、篁は目をそらさずに見送った。篁にとって、何度見ても飽きることのない背中であった。

ムクゲの花を拾い集め、百日紅の花を掃き集めた頃、時子がコーヒーの盆を持って閲覧室を歩いてくるのが窓越しに見えた。

篁は手袋を外し、扉を開けてやった。

「ありがとう。……今、百日紅の下からここまで瞬間移動しなかった？」

「扉を早く開けて差し上げたくて、跳躍力の限りを尽くしました」

時子は無言だ。開館当初なら「きもい」と言われていただろう。

「塩の琥珀糖、持ってきたわ。お水も」

「ありがとうございます」

夏の間、生身の人間たちは塩や梅干しを口にして熱中症予防をする。せっかく塩分を取るならば、と琥珀糖や飴玉など菓子に加工するあたり、篁には興味深い。

「明日から、晴人君が松山に行くそうよ。熱田津のあった場所へ」

茜に縁のある場所だ。（なぜですか）と篁は目で問う。

「桃花さんから、電話で聞いたの。晴明様からの提案で、桔梗家の跡取りとして見学に行くんですって」

「手助けではなく？」

「松山柊家の長男は、手練れだから。泡魂鎮めを何十年と行ってきたそうよ」

「それは、それは」

手を拭き、水を飲んでから塩味の琥珀糖を口に含む。前歯で嚙めば、中の軟らかな寒天が舌に触れる。

「熱田津に浮かぶ泡魂の一部がね、茜に似た人らしいの。緑の耳飾りや、領巾を着けた姿で」

「それは」

茜に似た人ではなく、茜そのものだ。滞在し和歌を詠んだ茜の姿が、土地の記憶として残っている。

「桃花さん、言ってたわ。『茜さんに似ていたけど、茜さんの方が優しい顔』って」

「そう、ですね……」

熱田津で茜がどんな顔をしていたのか、篁は当然知らない。まだ生まれてもいなかったのだ。

それでも、時子や桃花を見る時の柔らかな表情とは違うだろう。茜は当時の帝のため、戦意高揚のために和歌を詠む役目を負っていたのだから。

「桃花さんは気づいていないか、気づいていない振りをしてくれてるんだと思う。茜が額田王だって」

「聡い人ですからね」

「わたしが皇女で、賀茂社の二代目斎院だったと話した時も、落ち着いて聞いてくれたわね。この庭で」

時子が自身の出自を話した時、桃花は慈しみをもって受け入れてくれた。篁としては感謝する他ない。

「晴人君は、どう考えているんでしょうか。茜さんが何者なのかについて」

「さあ……。詮索してるところ、見たことないわね」

「九条家跡の鯉の件は話したので、ただ者でないことは分かってくれてますが」

二人の間に沈黙が流れる。ツクツクボウシの鳴く声が吉田山の方角から聞こえた。

「篁。笑わないで聞いて？」

「何なりと」

「晴人君、万葉集の熱狂的なファンとか、和歌の研究してるとかじゃないわよね？」

「彼は人文学系じゃなくて、社会学系ですよ。都市社会学とか政策とか。どうしたんです？」

「茜が額田王本人だと知って、嬉しすぎて気絶とか、押しが強すぎるインタビューとかしないか、心配になって」

篁は笑った。押しの強そうなところは見受けられるが、気絶はないだろうと思う。

「笑ったわね」

時子が大きな目で睨む。こういう視線も快い。

時間をかけてやっと懐いてくれた猫の機嫌をうっかり損ねてしまったが、やはり可愛い。たとえるならばそんな気分だ。

「すみません。茜さんの前で卒倒する晴人君を想像したら、つい」

篁は適温になったコーヒーを一口飲んだ。夏の熱気が残る空を、蜻蛉（とんぼ）が横切った。

*

松山行きを明日に控えた午後、晴人はかんざし六花でアルバイトをしていた。

本日の作業は、京都内外の手作り作家から届いた和小物の検品だ。作家たちもそれぞれ検品をしているが、客に届ける以上は販売店側もきっちり見ておくべし、というのが茜の方針である。

「夕方六時には業務終了だよ。明日は早いんだから」

「はーい」

秋を控えて増えてきたのは、紅葉の柄や暖色系の色だ。

赤、黄、緑の小さな楓（かえで）が散る懐紙。

黄色い菊がワンポイントで入った財布。

透明なセロファン越しに一つ一つ、ほつれや汚れがないか確かめていく。

そして茜は隣の座卓で、自身が作った花かんざしを検品している。

圧倒的に菊花の意匠が多い。

「茜さんって、どうしてかんざし屋を選んだんですか？」

「ん？　何でだったかねえ。かんざしを作ってみようと思ったのがずいぶんと昔で、作業しながらではとても思い出せないね」

「かんざしって、いつからあるんですか？」

素朴な疑問を口に出してみる。

「文字で歴史が記されるようになる時代よりも古いみたいだよ。日本のどこかで、縄文時代の朱漆塗りの櫛が出土してる」

「うわ、めちゃめちゃ昔ですね。縄文ってことは、二千年以上前！」

年代が分かるということは、放射性炭素を使った年代測定法だろうか。

「どこだったか……。そうそう、北海道のカリンバ遺跡と、北陸の鳥浜貝塚」

「詳しいですね、茜さん」

「そりゃ商売にするんだから、調べたよ」

茜は菊花のかんざしを一本ずつ箱に収めはじめた。検品を終えたようだ。

「かんざし屋は女一人で営むのにちょうど良いよ。力仕事ではないから」

――茜さん、力が強いじゃないですか。

とは思ったが、黙って続きを聞く。

「それに、小さいのに自然の恵みと、自然と人間との戦いが詰まっていて、面白いからね」

「戦いですか？『自然の恵み』は分かりますけど」

「樹を切るのも、蚕を育てて糸を得るのも、漆の樹から漆を採るのも、大変な営みだからだよ。山に入ることそれ自体もね」

「そうでした」

「松山の山犬がいる場所は、奥の方なのかい？」

図らずも、話題が明日の松山行きになった。

「一応、山は山なんですけど、松山駅を見下ろせるような場所が根城だそうです。山の神様だから『根城』じゃなくて『御座所』ですね」

「ふうん。双葉が調べてくれたんだね」

「はい。晴明さんが言うには『双葉が金の鳥となって目にしたもの耳にしたものは京都にいながら分かる』だそうですけど……」

それではまるで動くライブカメラだ。

あるいはドローンか監視衛星か。

晴人は、さんごが宿っている組紐と桃色珊瑚のブレスレットを見た。

「可能ですか、子孫にも」

「やめておくがいいよ。そこまで行くと、血筋云々の問題じゃないから」

ではどんな問題なのだろう。

茜は説明せず、立って棚の引き戸を開けた。

「餞別(せんべつ)ではないけど、渡しておくものがあってね」

「えっ、ありがとうございます」

「ははは、何が出てくるのか分からないのに」

「いや、だって、普通は良い物じゃないですか。こういう時にもらうのって」

茜が棚から取り出したのは、丸い包みだった。

「近所のお菓子屋さんで売っている物だよ。何日かは日持ちする」

「これはっ」

と言ったきり、晴人は絶句した。自分が買って、茜と食べようと思っていた品だ。

夏蜜柑をくり貫(ぬ)き、果汁を使った水菓子を閉じこめた菓子。

老舗和菓子屋の公式サイトで確かめたので、包み紙だけで分かる。

「おや、知ってたかい」

「有名だから。食べたいと思ってました。ありがとうございます」

正確には「自分で買って茜と一緒に食べたかった」なのだが、嘘ではない。

「松山で京都が恋しくなったら、開けてお食べ」

丸みのある、持ち重りのする包みは爆弾を思わせた。

デフォルメされたゲームのキャラクターが持っていそうな、丸さ、大きさ、頼もしさがそうさせるのだろうか。

本屋で爆弾になったのはレモンだっけ、と梶井基次郎の小説を思い出す。

「ある意味、秘密兵器ですね」

「そう、そう。滋養と京都の技が詰まってるよ。晴人君の元気な胃袋には、干菓子よりこっちだろうと思って選んでみた」

おしゃれだから選んだわけではないらしい。

スーツケースが重くなるが、持っていこう――と晴人は思った。

＊

高速バスを降りると、観覧車が回っていた。

松山の空を背景に、丸く透明なゴンドラが光る。そびえると表現するのがふさわしい威容だ。

——壁みたいだ。それか、巨大怪獣。

晴人は、見上げているうちにスーツケースから手を離しそうになった。

「どれぐらいの高さなんですかね、あれ」

「輪の部分で四十五メートル。下の百貨店も入れると八十五メートルだ」

晴明がすらすらと答えた。

「でっか！　四十五メートルって、平安神宮（へいあんじんぐう）の大鳥居の倍近いですよ」

「一周するのに十五分かかった」

「晴明さん、乗ったことあるんですか？」

「前回日帰りで来た時、桃花も一緒だったからな。乗る羽目になった」

憂鬱そうに晴明は言った。

「『羽目に』って。観覧車、あんまり好きじゃないんですか？」

「想像してくれ。密室で十五分間、はしゃぐ桃花と初花が一緒だった」

「ああ、はい。めっちゃ喜びそうですよね」

「とても騒がしかった」

　芳舟は妻とともに飛行機で来るので、もう少し後で合流する予定だ。

路面電車で松山市街を東へ進むと、山並みに突き当たる。双葉の報告によると、山犬はそこにいるらしい。

「腹ごしらえするか」

　晴明は、観覧車を擁する百貨店を指さした。

「はい。あっ、祖父が『おごられる前に割り勘を申し出ろ』と」

「智晴君はさすがに世慣れているな」

「おじいちゃんですから」

　百貨店の手前で、白いシャツにグレーのスラックスの少年が走ってきた。近くの小学生か、と晴人は思ったが、違った。双葉だ。

「おつかれさまです、晴明さま。晴人どの」

「双葉。ご苦労だったな」

晴明は双葉の頭をくしゃくしゃとなで、家族連れのような顔をして館内に導いた。スーツケースを転がして、晴人も後に続く。

「晴人どの。わたしは道後温泉で、とんでもないものを見つけました」

双葉がひそひそ声で言う。

「えっ、何？」

道後温泉といえば、言わずと知れた有名な温泉地だ。山犬の住み処にも近い。

「食べ物のみせに、タルトの天ぷらがあったのです」

「タルトの天ぷら？　名物の……」

松山でタルトと言えば、あの名物菓子に違いない。

芳舟が土産に買ってきてくれた、こし餡をふんわりと巻いた柚子風味の小さな焼き菓子だ。

「あのままで美味しいのに、何で衣をつけて揚げちゃうんだ？」

「うどんとセットになっていたのです。この地には、小麦粉の好きな人間がおおいのでしょうか？」

「そうかも。つるつるのうどん、かりかりの衣、ふんわりタルトでトリプル食感だ」

「晴人どのが食べ物のはなしをすると、おいしそうです。桃花どのとおなじく」

――まさかの同類認定。

「二人とも、魚でいいか」

テナントの和食店の前で、晴明が手招きする。晴人が見たところ晴明はこし餡好きなのだが、揚げたタルトよりも今は昼食優先のようだ。

「そう言えば双葉君、飛んでる間は食べなくて大丈夫だったのか？」

「問題ないのです。神仏の気が宿るばしょで休憩できれば」

テーブルに着くと、双葉は水を飲んで「おちつきます」とつぶやいた。金の鳥となって晴明の名代を務めるのは、なかなか緊張したようだ。

おまけに、通信機かドローンのごとく晴明と同調して様子を知らせていたのだから疲れは相当だろう。

「晴明さまにはすでにお伝えしましたが、松山の山犬は『いさにわ御前』といいます」

「いさにわ？　『御前』って、静御前とか巴御前とかの？」

「そう。おんなの山犬なのです」

「伊佐爾波神社の裏手の山に棲むので、そう呼ばれているらしい」

晴明は懐紙を出して『伊佐爾波』と書いてみせた。

「『いさにわ』とは、清浄な庭という意味だ」

晴明の説明は、からくさ図書館の中庭を想起させた。鳥が巣をかけ植物が繁茂し、館内も含めて客が出入りする、雑多な要素が入り交じる場だというのに。

「双葉。松山の夜雀とはすでに話したのだったな」

「はい。晴明さまの伝言をお伝えしたところ、いさにわ御前は『会っても良い』とのことです。そして」

双葉は言葉を切り、一瞬だけ上を見た。

「いさにわ御前も夜雀も、観覧車を警戒しておりました。『人が建てたあの大きな水車のようなものは何だ』と」

——そうだよな。びっくりするよなあ。

もともと観覧車というものを知っていた晴人ですら、圧倒されたのだ。山の神とその使いならば、警戒しても仕方がない。

「仕える夜雀も、松山駅前は人が多すぎて寄るのを避けていたようです。何より、いさにわ御前が心配して『あれには近づくな』と」

「うん、うん」

「なにしろ、夜には光りますから。白や青の他、色とりどりに」

「そりゃ怖いよな。得体の知れない大きな物が光ったら」

「ええ。戦の準備か、異国より来た怪しき神の祭りかと」

大観覧車を愛する地元民からすれば散々な言われようだが、山の神にライトアップイベントは強烈すぎる。

「くれぐれも驚かさぬよう、気をつけねばなるまいな。そういう繊細な心遣いは、晴人君に任せよう」

――まじっすか。

山の女神を怒らせたら、ひどいことになりそうだ。

――ええと、まずは『無知は恥ではない』ってこと、『怖がらなくていい』ってことを伝えればいいのか？

悩んでいるうちに、店員が鱧（はも）の炊き込みご飯の定食を運んできた。さんごが起きていたら「わたしも食べたいです！」と騒ぎだしそうな良い香りであった。

＊

本殿から末社まで参拝を終えると、芳舟が「参りましょう」と結婚指輪を外した。

「芳舟さん、どうして外すんですか？」

晴人は自分の組紐ブレスレットに手をかけた。装飾品は外すべきかと思ったのだ。

「ああ、晴人君はそのままで」

銀色に光る指輪を手に、芳舟は言った。

「伝承で、よくあるでしょう。『山の神様は女なので、山に女を連れて入るとやきもちを焼く』と」

「ありますねー。日本のあちこちに」

「だから念のため、妻がいる印を外しました」

「こまやかな心遣いだ……！」

晴人は感心し、さんごは腕の中でうなずき、宝玉は芳舟の肩で「ニャ」と鳴いた。

「外したら、紛失せぬよう専用ケースに入れて、と。失（な）くしたら神様でなく、家（うち）のかみさんに怒られます」

「うまいことを言う」

晴明が褒めると、梢の間から「チャチャッ！」と鳴き声がした。

「夜雀どの、双葉です。ようやく参りました。案内をおねがいいたします」

双葉が言うと、鳴き声の主が「チャ！」と葉を散らして飛びだしてきた。

漆黒の雀だ。

声がやたらと可愛らしい。

「チャチャ、チャ！　何とまあ、双葉どの！　本当に人の姿になれるのですねえ！」

「むしろ、金の烏が非常用のすがたなのです」

漆黒の雀は双葉の手に乗って「ふう、楽ちん。チャッ」と目を細めた。

「そちらが晴明公、晴明公の子孫のお二人ですのね。チャッ。いさにわ御前は粗野な言動を嫌うお方ですから、くれぐれも慎重に。首が飛びかねません」

――こ、怖い。

今度はどれだけ大きな山犬が出てくるのだろうか。

「あちらの、葉のつやつやした椿（つばき）の陰を通って参りましょう。チャ！」

先導されて椿の茂みを行くと、細い階段が現れた。

間崎の大夫の時と同じだな、と思っていると、一人の巫女（みこ）が立っていた。

長い黒髪に白い花を挿した姿は、二十歳前後に見える。

――この人も狸が化けてるのかな。間崎の大夫の時みたいに。

巫女の周りには赤い椿が咲き、いくつかの花は石畳に落ちている。

「あるじ。まだ夏なのに椿の花が」

「ほんとだ。夏に咲く品種？」

さんごと顔を見合わせる。茜なら知っているだろうか。

「違うのですよ、チャ！　あれは普通の藪椿。いさにわ御前のお力に触れて、花期とは違う季節に咲くことがあるのです」

巫女に向かって、夜雀は飛んだ。

「連れて参りました、いさにわ御前！　晴明公のご一行です、チャ！」

――え？　この人が？　山犬の、いさにわ御前？

「よう来ておくれだね」

細い声で、巫女――いさにわ御前は言った。

「間崎の大夫に叱られて反省し、自分から挨拶に来るとは殊勝な心掛け」

「チャ！　いさにわ御前は、滅多なことでは元の姿を現さぬのです！」

夜雀が自慢げに言った。

「なるほど。姫君が御簾の向こうに姿を隠すようなものだな」

いさにわ御前が目を見開き、袖で口元を隠す。

――恥ずかしがってる！　晴明さんが口説くから。

心遣いは晴人に任せると言ったが、晴明の方が女性の扱いを心得ているような気がする。いや、単に思ったままを口に出したのか。

晴明は間崎の大夫に対した時と同じように、風呂敷に包んだ酒瓶を出した。

「伏見の水で育んだ酒だ。受けてくれれば嬉しい」

「ありがたく、いただきましょう」

いさにわ御前は酒瓶を抱えた。花束をもらった少女のように優しい手つきだ。

「松山城の西で回っている大きな輪だが」

晴明は、観覧車をそのように表現した。

「危ないものではない。人間たちが眺めを楽しむために造ったからくり仕掛けだ」

——あ、そういう風にも言えるんだ。

「からくり仕掛け。あのような大きなものを、楽しみのためにわざわざ?」

疑わしげな目で、いさにわ御前は言った。

「平和な時代の人間がやることだ。楽しみに手間暇と財力をかけられる」

晴明が言うと、芳舟がうなずいた。

「そうですな。あの観覧車はある意味、平和と豊かさの象徴でしょう。戦争のない時代が何十年と続いた後にできたのだから」

同意したのか、芳舟の肩で宝玉が「ウミャン」と鳴いた。

自分も何か、いさにわ御前に言ってやりたいと晴人は思った。何か安心できる、納得できることを。

「楽しみのために、こんな物も作るんですよ」

肩に掛けたバッグから、晴人は丸い包みを取りだした。

さんごが「それは」とつぶやく。

茜から受け取った、夏蜜柑を使った和菓子だ。

「外から見ると、夏蜜柑なんですけど。実はヘタの部分を切って中身をくり貫いて、果汁を使ったお菓子が入ってるんです」

――ごめん、茜さん。期待されてた使い方と違うけど。

「もし良かったら、お納めください。いさにわ御前」

巫女の白い手が、包みを受け取った。

花を飾った頭を傾け、いさにわ御前は包みに口を寄せる。

「かぐわしい。分けて食べようか。夜雀」

「ありがたき幸せ。チャ！」

夜雀を肩に止まらせ、腕に風呂敷に包まれた酒瓶をかけ、手には菓子の包みを持っても、巫女の立ち姿はすっきりと清冽だった。

「ウミヤ、ウミヤ」

芳舟の胸から宝玉が飛び降りて、いさにわ御前に近づいた。鳴き声からすると、甘えているような響きだ。

「いさにわ御前。双葉どのからの報告では、この式神は人の言葉を喋らぬのだそうです。無礼とお思いなされますな。チャチャッ」

夜雀の口添えに感謝するかのように「ウミャ」と鳴くと、宝玉はきちんと座っていさにわ御前に灰色の頭(こうべ)を垂れた。

「宝玉が頭を下げるところを、初めて見ました」

芳舟が言った。

「チャチャ！　いさにわ御前。供物を受け取ったゆえ、礼を言っておるようです」

「おお、この式神も殊勝だこと」

いさにわ御前の唇が、笑みの形になる。

「夜雀や。おぬしのように飛ぶ力を、この子にもあげるよ」

「よろしいかと。チャ」

「詠うよ。宝玉よ、おとなしく座っておいで」

いさにわ御前は、大きく口を開けた。

いさにわの　ときわぎに鳴く　夜雀の　声は変わらず　翼ぞまさる

その和歌はゆっくりと詠われたので、晴人にもぼんやりと意味が分かった。伊佐爾波の常緑樹に鳴く夜雀の声は変わらず、翼は優れる。あるいは、翼は増える。

「これで良し。泡魂が高い場所に浮くのなら、飛んで近づいてやるべきだ」

芳舟が手帳を取りだし、メモし始めた。

「『いさにわの、ときわぎに鳴く夜雀の……』と、それから」

「チャッ！　『声は変わらず　翼ぞまさる』！」

「これはかたじけない」

手帳に和歌を書きこむ芳舟の脚に、宝玉が「ウミャ」と頭をこすりつけた。

＊

鹿島よりも熟田津――重信川河口の方が、伊佐爾波神社に近かった。
「泡魂が出るかどうか分かりませんが、今日この日に宝玉を連れていきたいのです。土地の神様、いさにわ御前にご挨拶した記念の日ですから」

芳舟の提案で、一行は路面電車に乗って重信川河口へ向かった。

熱く塩辛い風に顔を打たれ、晴人は目をつぶった。

――山の湿った土の匂いから、海風の塩辛い匂い。すごい落差。

そっと目を開けると、上空に茜の顔があった。

「茜さん？」

呼びかけても反応はない。

よく見れば茜とは違う。大きな緑の耳飾りや、飛鳥時代の女性のような領巾を着けている上に、厳しい顔つきをしている。それに、少し年かさのようだ。

三十歳過ぎに見えるが、微妙にぼやけた姿なのでよく分からない。

衝撃が落ち着くと、だんだん周りが見えてきた。

飛鳥時代を思わせる、いずれも似たような服装の女たち。

板を綴じ合わせたような、簡素な作りの鎧をまとった男たち。

「あれがこの地の泡魂です」

そばに立った芳舟は、腕に抱いた宝玉をなでている。幸い、威嚇はしていない。

「この地から朝鮮半島へと兵が船出したのは、千四百年近く前です。あの泡魂は、それほど長く染みついた土地の記憶。昔はもっと数が多く、色濃かったと松山柊家には伝わっています」

——芳舟さん。松山柊家に生まれるってことは、こういうことなんだな。

それは、戦の記憶と対峙する運命だ。

芳舟にとって、修子という妻の存在は大きいのだろう、と今さら思う。

「さんごも晴人君も、あまり彼らの目を見続けない方がいい」

晴明に言われて、さんごが「はいっ」と視線を下げた。

「呑みこまれそうですね……」

雲と波の間に揺れる泡魂は、語りかけてはこない。それでも恐ろしいのは、海へ誘い出されてしまいそうだからか。

「晴人どのは、ただでさえ海に慣れぬおからだです。手をつないでいましょう」

双葉が、小さい子どもにそうするように手を握ってくれた。

「ありがとう」

「おやすい御用です」

「宝玉や。あの人たちは、帰りたかったのだ。好きで攻めこみに行く兵も、好きで兵を鼓舞する女もおるまい」

長年の経験と記憶から絞りだしたような、芳舟の言葉であった。

「ニャ。『かえりたい』」

復唱した宝玉を、芳舟は「おおっ、偉い！」となでた。

「人の言葉だ。そう、『かえりたい』。いたいと思う場所に戻りたいことだ」

赤子に「高い高い」をするかのように、芳舟は宝玉の体を高く掲げる。

「ニャ。かえりたいか？」

身をよじった宝玉の後ろ足が宙を掻いた。しっぽの先が芳舟の頭に触れ、離れる。

灰色の猫は、宙を飛んでいた。

地上と雲の間に浮かぶ、泡魂へと近づいていく。

――『翼ぞまさる』だ。いさにわ御前、本当に翼をくれたんだ。

晴人は手で日差しを遮りながら、舞う宝玉の姿を見上げた。

ふさふさとした背中の毛並みの一部が、小さな翼のごとく跳ねている。

「かえりたいか。かえりたいか」

前足を伸ばして尋ねる猫に、泡魂たちが注目する。

茜によく似た女も、簡素な鎧の兵も、まとう空気が柔らかい――と晴人は思った。

「いかん、式神に任せきりになってしまう」

芳舟が慌てた様子で胸元から呪符を出し、両手を合わせた。

「おんろけいじんばらきりく」

それは、十一面観音の真言だった。晴人が地蔵菩薩の力が籠もった真言を唱えて死者の魂を送るように、芳舟はこの真言を唱えてきたのだろう。

「おんろけいじんばらきりく」

「かえりたいか。かえりたいか」

唱える芳舟と、語りかける宝玉の声が交錯する。

茜に似た女の手が、宝玉の頭をなでた。

一人の兵が「かえりたい」と野太い声で言った。

もう一人の兵が「かえりたい」と疲れきった声で言った。

「かえりたいね。かえりたいね」

灰色の猫は、泡魂一人一人に近づいては語りかける。その望みを知っている、と伝えるかのように。

泡魂たちが薄れ、消える。芳舟が空に向かって手を振った。

「おかげで今日は早かったぞ。宝玉」

「ミャア。よしふね。かえろう」

少年の声で言って、灰色の猫は主の胸へ舞い降りてきた。

＊

からくさ図書館の中庭に、薄紅色の花が舞い散る。

山とも海とも違う風が、八月も終わろうとする庭に渦巻いていた。

「手柄ではないか、ハル坊。胸を張れ」

藤棚の下のテーブル席で、水月は林檎味の琥珀糖を頬張った。

「うむ。甘露である」

しっぽの先の露草色がぴくぴくと動く。気に入ったのだろう。

「熱田津でも、その後で行った鹿島でも、泡魂たちは速やかに消えたのだろう？　式神の宝玉が語りかけ、主が十一面観音様の真言を唱えることで」

「うん。壮観だった」

戦国時代の厳めしい鎧姿が「かえりたい」と灰色の猫に答える様子は、恐ろしくもあり、哀しくもあった。

「水月さんのおっしゃる通りです、あるじ」

膝の上に座るさんごが、しっぽを激しく動かした。

「いさにわ御前に贈り物をあげたくなったのでしょう。そして喜んでいただけて、宝玉さんは翼をもらったではないですか。茜さんは、怒りませんよ」

「怒りはしないと思うけど」

温かい紅茶を飲みながら、晴人も林檎味の琥珀糖を口に含んだ。アップルティーだ。

「京都が恋しくなったら開けて食べろって言われてたのに、全然違う使い道になったからさ。申し訳なくて」

「気にするな。早く、茜どのにも成果を報告せよ」

「うん。それこそ、早く報告しないと怒られる」

「そうですよ、あるじ。あの後松山に泊まって昨日京都に帰ってきたのですから、今日はもう顔を出さないと。たとえアルバイトの約束は明日でも、早めにご挨拶いたしましょう」

懇々と諭されて、晴人は「はぁい」と返事をした。

テーブルに舞ってきた一つまみの百日紅の花を指でとらえ、樹の方向へ放ってみる。しかし軽いので、すぐ風でどこかへ行ってしまった。

「なあ、ハル坊よ」

花の行方を追うように、水月は宙に目を向ける。

「話を聞いて、そして今まで茜どのと語り合った記憶を考え合わせるとな」

「うん、何？」

「われは、茜どのが生身の人間であった頃の名が分かる気がする。聞くか？」

風が激しくなった。

立て続けに百日紅の花がテーブルに舞い落ちてくる。

手首の組紐ブレスレットを見る。

紫の組紐が通された桃色珊瑚は、かんざしから外して茜が付けてくれたものだ。さんごの宿る桃色珊瑚と、からくさ図書館に舞う百日紅の花は、色が似ている。

——好きな色だ。いや、好きな色になったんだ。

「ううん。聞かないでおくよ。水月」

水月の頭をなでる。さんごの頭もなでる。

「俺にとってのあの人は、かんざし六花の茜さんだから」

「そうか。そうだな、ハル坊」

さんごが「はい」と相槌を打った。

「もし、できればさ。他の式神の卵たちに会っても、茜さんが何者だったか、話さないでほしいんだ。たとえ推測でも」

「桔梗家総領としての頼みか？」

「うん。桔梗家総領の桔梗晴人は、かんざし六花の茜さんに恩があるから」

恋ではなく、恩義なのだと思う。

「おぬしを気に入って良かったよ。ハル坊」

風がやんで、木製の扉が開く。

「強い風でしたねえ」

篁が、紅茶のポットを載せた盆を手にしていた。

続いて、大きなミルクピッチャーを手にした時子も出てきた。

「うちの百日紅が迷惑をかけたわね。花吹雪がすごかったでしょう」

「きれいでしたよ。とても」

「会議を頑張っている御褒美に、温かいミルクティーはいかがですか？」

篁の申し出に、晴人は思わず顔をほころばせた。

自分と茜の関係は、恋でも血縁でもない。それでも、篁や時子、晴明、幾人もの眼差しに見守られている。そう思えて仕方ないのだった。

第十一話・了

あとがき

この本を手に取ってくださって、ありがとうございます。発売は年の瀬ですが、本編は問答無用で京都の夏です。緑の鴨川デルタも、かんざし六花の外道かき氷も、書いていて楽しゅうございました。

平安時代の陰陽師・安倍晴明、冥途通いの伝説を持つ歌人・小野篁など、いにしえの人々が現代に行き交う「からくさ図書館のある京都」の物語は、おかげさまで十九冊目となりました。『からくさ図書館来客簿』全六巻、『あやかしとおばんざい』全二巻、『おとなりの晴明さん』全九巻。そしてこの『あなたと式神、お育てします。～京都西陣かんざし六花』は全二巻となります。

さて今回、晴人は茜の過去に思いを馳せた結果、ある課題に直面します。
それは「自分にとって茜は何者なのか」。
言い換えれば「異質かつ重要な他者に対して、自分はどう向き合うのか」という課題です。前回上梓(じょうし)させていただいた『あやし、恋し。異類婚姻譚集(いるいこんいんたんしゅう)』に通じるテーマでもあります。

神狐の水月と同じく、作者も晴人の出した結論を寿(ことほ)ごうと思います。

晴人を主人公とした物語はこの第二集で終了となりますが、彼らの生きる「からくさ図書館のある京都」は、さらに続いていきます。久しぶりに篁の視点で語られる場面があったのは、その先触れといったところです。

蔓性植物の繁茂するがごとく、「からくさ図書館のある京都」はさらなる広がりをお見せしますので楽しみにお待ちくださいませ。

このたびも、多くの方にお世話になりました。担当編集のお二人、季節感のあふれる装画を描いてくださったユウノ様、装画に合わせた繊細な装丁をしてくださったＣａｔａｎｙ(カタニー) Ｄｅｓｉｇｎ(デザイン)様。印刷や輸送、販売を担ってくださった方々。

そして読んでくださったあなたに、再度お礼を申し上げます。やがて来る夏に、またこの本を思い出していただけましたら幸いです。

仲町六絵(なかまちろくえ)

〈主な参考WEBサイト〉

四万十市公式ホームページ（https://www.city.shimanto.lg.jp/）
小京都中村の歴史─一般社団法人　四万十市観光協会（https://www.shimanto-kankou.com/）
国土交通省　四国地方整備局（https://www.skr.mlit.go.jp/）
伊佐爾波神社公式サイト（https://isaniwa.official.jp/）
国際日本文化研究センター─怪異・妖怪伝承データベース（https://www.nichibun.ac.jp/YoukaiDB/）
京都大学─最新の研究成果を知る（https://www.kyoto-u.ac.jp/ja/research-news/2017-07-28）
KYOTOdesign（https://kyoto-design.jp）

※ここに挙げた他にも、多くの文献を参考にさせて頂きました。著者・編者・出版社の皆様に御礼申し上げます。

<初出>

本書は書き下ろしです。

メディアワークス文庫

あなたと式神、お育てします。第二集
～京都西陣かんざし六花～

仲町六絵

2022年12月25日　初版発行

発行者　山下直久
発行　株式会社KADOKAWA
〒102－8177　東京都千代田区富士見2－13－3
0570-002-301（ナビダイヤル）
装丁者　渡辺宏一（有限会社ニイナナニイゴオ）
印刷　株式会社暁印刷
製本　株式会社暁印刷

●お問い合わせ
https://www.kadokawa.co.jp/（「お問い合わせ」へお進みください）
※内容によっては、お答えできない場合があります。
※サポートは日本国内のみとさせていただきます。
※Japanese text only

※定価はカバーに表示してあります。

Printed in Japan
ISBN978-4-04-914640-0 C0193

メディアワークス文庫　https://mwbunko.com/

本書に対するご意見、ご感想をお寄せください。

あて先
〒102-8177　東京都千代田区富士見2-13-3
メディアワークス文庫編集部
「仲町六絵先生」係

あやし、恋し。

異類婚姻譚集

仲町六絵

人ならざるモノに身命を捧げる恋――
異類の女たちを愛した人間の儚い物語。

正体を隠し人を惑わす“異類”。妖しくも美しい彼女らに、人は古より惹かれてきた。

入浴する姿を決して見せてくれない恋人が、人ではないと気づきながらも愛した青年。争乱の世に美しい鳥と寄り添い、運命を共にする決意をした少年。愛する女と同じ鬼になるために人を襲う男。平穏な暮らしを守るため、自分の正体を見抜いた僧を殺める女。神の使いであるオロチに見初められた巫女――。

人ならざる女たちに心惹かれた人間が織り成す、切なくも愛おしい6篇の異類婚姻譚集。

メディアワークス文庫

拝啓見知らぬ旦那様、離婚していただきます〈上〉

久川航璃

第6回カクヨムWeb小説コンテスト《恋愛部門》大賞受賞の溺愛ロマンス！

『拝啓　見知らぬ旦那様、８年間放置されていた名ばかりの妻ですもの、この機会にぜひ離婚に応じていただきます』

商才と武芸に秀でた、ガイハンダー帝国の子爵家令嬢バイレッタ。彼女には、８年間顔も合わせたことがない夫がいる。伯爵家嫡男で冷酷無比の美男と噂のアナルド中佐だ。

しかし終戦により夫が帰還。離婚を望むバイレッタに、アナルドは一ヶ月を期限としたとんでもない“賭け”を持ちかけてきて——。

周囲に『悪女』と濡れ衣を着せられてきたバイレッタと、今まで人を愛したことのなかった孤高のアナルド。二人の不器用なすれちがいの恋を描く溺愛ラブストーリー開幕！

メディアワークス文庫

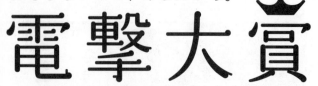